나는 나다

나는 나다

허균에서 정약용까지, 새로 읽는 고전 시학

1판 1쇄 2018년 12월 10일
1판 2쇄 2019년 2월 19일

지은이 정민
펴낸이 이광호
주간 이근혜
편집 최대연 김현주
펴낸곳 ㈜문학과지성사
등록번호 제1993-000098호
주소 04034 서울 마포구 잔다리로7길 18(서교동 377-20)
전화 02)338-7224
팩스 02)323-4180(편집) 02)338-7221(영업)
전자우편 moonji@moonji.com
홈페이지 www.moonji.com

ⓒ 정민, 2018. Printed in Seoul, Korea
ISBN 978-89-320-3492-8 03810

이 도서의 국립중앙도서관 출판예정도서목록(CIP)은 서지정보유통지원시스템 홈페이지
(http://seoji.nl.go.kr)와 국가자료공동목록시스템(http://www.nl.go.kr/kolisnet)에서
이용하실 수 있습니다. (CIP제어번호: CIP2018037671)

이 책에 수록된 이미지는 공공누리 자료를 이용했으며,
일부 이미지의 경우 저작권자의 허가를 받고 사용했습니다.

허균에서 정약용까지,
새로 읽는 고전 시학

나는 나다

정민 지음

문학과지성사

서문

    우리는 과거에 시로 국가공무원을 선발했던 나라다. 시는 수험생의 필수 교양이었다. 고전 문인의 문집에서 시론이나 시의 작법에 대한 글을 만나는 것은 그다지 어렵지 않다. 한시는 운자와 평측平仄 등의 제약으로 개성적 목소리를 내기가 어렵다. 규정된 형식 틀 속에서 어떻게 새 목소리, 내 목소리를 담을까? 모든 시인의 고민이 여기에 모인다. 옛 표현을 버무려 슬쩍 바꿔도 시인이라는 말을 들을 수는 있었다. 하지만 최고는 남에게 묻어가지 않는다. 이 같은 고민은 지금이라고 크게 다를 것이 없다.

    시 공부에도 시대의 표정이 깃든다. 고려 말과 조선 전기의 시학은 형식지상주의에 빠져 익숙한 표현을 낯설게 만드는 환골탈태換骨奪胎의 기법이나 평측이나 성운聲韻의 짜임새, 용사用事의 기교를 중시했다. 형식 요건에서 조금만 어긋나도 쳐주지 않았다. 조선 중기에는 학당풍學唐風이 성행하면서, 시학에서도 천기天機와 묘오妙悟의 정신적 가치를 추구하는 경향이 대두하고, 회화적 보여주기와 낭만적 서정이 중시되었다. 하지만 얼마 못 가 이 시기 낭만풍의 서정이 엇비슷한 자기 복제의 나른함에 빠져들면서 독자의 외면을 불렀다.

18세기 이후 이른바 조선풍朝鮮風이 떠올랐다. 시를 쓰는 주체의 시대성과 역사성에 대한 관심이 고조되었다. 나는 누군가? 여기는 어딘가? 이 질문을 바탕으로, 조선에서 한시를 짓는 일의 의미와 방향에 대한 치열한 모색이 이루어졌다. 이 책에서 첫자리에 놓은 허균이 그 선성先聲을 열었고, 이후 이용휴와 이언진, 이덕무, 박제가로 이어지는 논의를 통해 시가 담아야 마땅한 진실과 조선적 정감의 문제를 본격적으로 논의하기 시작했다. 이옥의 주장은 참신했고, 정약용의 시론은 앞선 여러 사람의 논의와는 계선을 달리하는 역사성과 학습 태도에 주안을 두어 조선풍의 직접적인 구상과 실천을 이끌어냈다. 이들의 논의는 조금씩 다르면서도 크게는 같다. 지금 여기의 시, 조선 사람의 정신과 얼이 담긴 시, 거짓 없고 솔직한 시, 삶의 진실을 외면하지 않는 시를 추구했다. 그때 그들의 질문은 지금 우리의 물음에 맞닿아 있다.

이 책에 묶은 여덟 편의 글은 당초 시 잡지에 발표했던 글이다. 1998년 『시와반시』 가을호에 「허균 시론: 깨달음의 시학」을 소개했다. 이후 계간지 『시인세계』에 2012년 봄호부터 2013년 가을호까지 7회에 걸쳐 「조선 후기 시론의 행간 읽기」라는 이름으로 연재를 진행했다. 조선 후기 여러 시인들의 시론을 한자리에 모아 총정리하려는 뜻에서 시작했는데, 잡지가 갑작스레 폐간하는 통에 연재가 중단되었다. 이후 다른 작업에 밀려 글쓰기는 계속되지 못했다. 오래 만지작거리다가 지금 상태로 한 차례 정리해야겠다는 생각을 했다.

문학과지성사에서 이 책을 묶게 되어 기쁘다. 김병익 선생님의 관심과 성원에 감사드린다. 편집과 정리는 최대연 씨가 맡아서 수고했다. 이렇게 한자리에 다시 묶고 보니 시절의 감회가 없지 않다.

2018년 11월

행당동산에서 정민 씀

차례

1장

남의 집 아래 집 짓지 않는다

허균(許筠, 1569~1618)의
「시변詩辨」외

국가표준영정 교산 허균상 © 2014 동강 권오창

높은 안목, 활달한 자유주의자

허균, 그의 이름을 어떻게 말해야 좋을까? 그는 국문 소설 「홍길동전」의 작가이면서, 『성수시화惺叟詩話』『학산초담鶴山樵談』 같은 시화를 엮은 당대 최고의 비평가였다. 그를 '천지간의 한 괴물'이라고 폄하하던 사람조차도 시를 보는 그의 안목만은 높이 인정하였다. 역대로 가장 훌륭한 엔솔로지라는 평가를 들은 『국조시산國朝詩刪』을 엮은 것도 바로 그였다.

그는 다채로운 지적 편력을 거쳐, 당대에 성행했던 도교와 내단 수련 방면에도 정심한 이론과 실천을 보였다. 남궁두南宮斗와 송천옹宋天翁, 유형진柳亨進 등 당대에 이름난 도가 인물들과 교유하였고, 단학丹學 이론에도 밝았다. 스스로 100상자가 넘는 불교 경전을 읽었다고 적고 있을 만큼 불교에도 조예가 깊었다. 이 밖에 위로 제자백가에서 아래로 명나라 당대 대가의 문집에 이르기까지 그의 손과 눈을 거치지 않은 책이 없었을 정도였다.

그는 활달한 자유주의자였다. 사회가 금기시하는 터

부에 과감히 도전했다. 자각된 민중의 무서운 힘을 역설한 「호민론豪民論」은 오늘날 읽어봐도 진보적이다. 그의 작품으로 알려진 「홍길동전」을 「호민론」과 관련지어 이해하고 싶어 하는 시각이 있는 것은 어쩌면 당연하다. 벼슬길에 있으면서도 아침마다 승려 복장을 하고 불전에 분향하였다 하여 벼슬에서 쫓겨나기도 했다. 서얼들과의 교유도 활발하였다. 그에게 시를 가르쳐준 스승 이달李達이 서얼이었고, 훗날 그를 죽음으로 몰아넣었던 역모 사건도 이른바 강변칠우江邊七友로 불리는 서자들과의 결사가 빌미가 되었다. 그리고 끝내는 역적으로 몰려 세상을 마쳤다.

　그는 행동에 거리낌이 없었지만, 그 때문에 늘 검속함이 부족하고 교활하다는 비방을 받았다. 실제로 벼슬길에 대한 끊임없는 집착은 옆에서 보기에 민망할 정도였다. 과거 시험장에서 부정을 저질러 귀양 간 일도 있었다. 그 뛰어난 기억력을 살려 누이인 허난설헌許蘭雪軒의 시집을 엮으면서, 잘 알려지지 않은 중국의 시를 슬쩍슬쩍 끼워 넣었다가 정작 중국에서 망신을 당한 일도 있었다. 가공의 인물을 동원하여 우리나라 명산 동천을 기록한 도교적 산수 기록인 『동국명산동천주해기東國名山洞天註解記』라는 책을 지었던 것도 바로 그였다. 허균은 무어라 한마디로 규정할 수 없는 인물이었다.

허균이 활동했던 선조·광해 연간은 훗날 목릉성제穆陵盛際로 일컬어질 정도로 문예적 역량이 극성했던 시기였다. 삶의 진실과 정감 어린 서정을 중시하는 '시필성당詩必盛唐, 문필진한文必秦漢'의 복고적 문학 주장이 전면에 부상하여, 이전 성률과 격식을 중시하던 강서시풍江西詩風을 극복하려는 움직임이 활발히 전개되었다. 잇달아 등장한 역량 있는 문인들에 의해 창작과 비평 양면에서 새로운 시풍에 대한 기대와 전망이 실험되고 또 실천되었다. 그 선두에는 늘 허균이 있었다.

허자許子의 시를 짓겠다

이제 허균의 문학 주장을 몇 가지로 대별하여 살펴보자. 그의 첫번째 화두는 '개성론'이다. 시에는 자기만의 목소리가 있어야 한다. 시필성당이라 하여 그 지향을 성당盛唐

의 시에 두고 있기는 해도, 지금 내가 시를 쓰는 목적은 이백李白과 두보杜甫가 되기 위해서가 아니라, 바로 진정한 '나'를 찾는 데 있다는 것이 허균 개성론의 핵심이다.

명나라 사람으로 시 짓는 자들은 문득 말하기를 "나는 성당이다, 나는 이두李杜다, 나는 육조六朝다, 나는 한위漢魏다"라고 하여, 스스로 서로를 내세우며 모두 문단의 맹주가 될 수 있다고 여긴다. 그렇지만 내가 보기에 어떤 이는 그 말을 표절하고 어떤 이는 그 뜻을 답습하여 모두들 남의 집 아래에다 집을 다시 얽으면서도 스스로 크다고 뽐냄을 면하지 못하였으니, 야랑왕夜郎王에 가까운 것이 아니겠는가?

明人作詩者, 輒曰: "吾盛唐也, 吾李杜也, 吾六朝也, 吾漢魏也." 自相標榜, 皆以爲可主文盟. 以余觀之, 或剽其語, 或襲其意, 俱不免屋下架屋. 而誇以自大, 其不幾於夜郎王耶?

「명사가시선서明四家詩選序」의 말이다. '옥하가옥屋下

架屋,' 즉 남의 집 아래에 다시 제 집을 짓고는 제가 제일 잘
난 줄 아는 것이 오늘날 시를 쓰는 사람들의 가장 큰 착각
이다. 지금은 '옥상가옥'이라 하는데 반대로 썼다. 옥하가
옥은 내가 보이지 않고, 옥상가옥은 내가 두드러지는 차이
가 있으니, 이 경우는 옥하가옥이 맞다.

야랑夜郎은 오랑캐의 나라 이름이다. 그 나라 왕은 스
스로 제 나라가 가장 크다고 생각하였다. 남의 흉내 잘 내
는 것만으로 어찌 자신의 목소리를 담을 수 있을까? 그것
은 야랑왕의 순진한 착각과 다를 게 없다. 그들은 유행에
민감하고 시류에 촉각을 곤두세운다. 조금이라도 유행에
뒤떨어지면 어찌하나를 걱정할 뿐, 무엇을 노래하고 어떻
게 노래해야 할지에 대해서는 무관심하다. 그래서 세상에
는 그렇고 그런, 모두 고만고만한 시만 있을 뿐이다.

당대에 영향력 있던 명대 제가를 비판하고, 명대 4대가
의 시를 엮은 시집의 서문에서 이들이 대가가 되는 이유를
밝혔다.

오늘날 시를 하는 자들은 한위·육조를 높이 보고,
당나라 개천開天·대력大曆 연간의 것을 그다음으로 치

며, 가장 낮은 것으로 소식蘇軾과 진사도陳師道를 일컫는다. 모두들 스스로 그 지위를 빼앗을 수 있다고 말들 하지만, 이는 망령된 말일 뿐이다. 그 말과 뜻을 주워 모아 답습하고 표절하면서 스스로 뽐내는 것에 지나지 않으니, 어찌 시도詩道를 말할 수 있겠는가?

今之詩者, 高則漢魏六朝, 次則開天大曆. 最下者乃稱蘇陳. 咸自謂可奪其位也, 斯妄也已. 是不過掇拾其語意, 蹈襲剽盜以自衒者, 烏足語詩道也哉.

시의 본질을 논한 「시변詩辨」의 이 말도 같은 취지에서 나왔다. 한위·육조는커녕 소식과 진사도의 발꿈치에도 미치지 못할 위인들이, 성당의 시만을 으뜸이라 하면서 나머지는 우습게 본다. 그네들이 하는 일은 무엇인가? 옛사람의 말과 뜻을 주워 모아 흉내 내고 표절하는 일뿐이다. 그러면서 어찌 그들보다 더 높은 경지를 이룰 수 있다 하는가? 이런 자들과는 결단코 더불어 시도를 말할 수 없을 것이다.

옹께서는 저의 근체시가 매끄럽고 엄정하여 성당의 시가 아니라 하여, 물리쳐 돌아보지 않으시면서, 유독 고시古詩만은 좋다면서 안연지顏延之와 사령운謝靈運의 풍격이 있다 하십니다. 이는 옹께서 얽매여 변화할 줄 모르는 것입니다그려. 저의 고시가 비록 예스럽기는 해도, 이는 책상에 앉아 진짜처럼 흉내 낸 것일 뿐이니, 남의 집 아래 집을 얽은 것이라 어찌 족히 귀하다 하겠습니까? 근체시는 비록 훌륭하지는 않아도 절로 저 자신만의 조화가 있습니다. 저는 제 시가 당나라 시와 비슷해지거나 송나라 시와 비슷해질까 봐 염려합니다. 도리어 남들이 '허자許子의 시'라고 말하게 하고 싶답니다. 너무 외람된 것일까요?

翁以僕近體爲純熟嚴縝, 不涉盛唐, 斥而不御. 獨善古詩爲顏謝風格, 是翁膠不知變也. 古詩雖古, 是臨榻逼眞而已, 屋下架屋, 何足貴乎? 近體雖不逼眞, 自有我造化. 吾則懼其似唐似宋, 而欲人曰許子之詩也, 毋乃濫乎?

「여이손곡與李蓀谷」, 즉 이달에게 보낸 편지의 전문이

다. 이에 앞서 이달은 허균이 보낸 시고詩稿를 보고, 고시는 육조의 풍격이 있어 좋은데 근체시는 왜 성당의 시와 다르냐며 나무라는 편지를 보냈던 모양이다. 그러자 허균은 고시가 안연지나 사령운의 시와 가까운 것은 '옥하가옥'일 뿐이니 거짓 흉내에 지나지 않는다고 대답했다. 또 근체시가 이백이나 두보와 같지 않은 것은 나 자신만의 조화를 담았기 때문에 그리된 것이니, 이야말로 내가 자랑스럽게 생각하는 것이라고 답장한 것이다.

허균의 '허자지시許子之詩' 선언은 우리 비평사에서 참으로 의미 있는 장면이다. 뒷날 정약용丁若鏞이 "나는 조선 사람이니, 즐겨 조선의 시를 지으리我是朝鮮人, 甘作朝鮮詩"라고 한 이른바 '조선시 선언'도 그 선성先聲이 허균에 있었음을 본다. 인간의 감정이 아무리 보편적인 것에 바탕을 두고 있다고는 해도, 시대가 다르고 언어가 다르고 사람이 다른데, 어찌 옛사람과 똑같이 되기를 바란단 말인가? 진정으로 옛사람과 똑같이 되려거든 옛사람과 달라지지 않으면 안 된다.

뒷사람이 지금의 글을 봄이 어찌 지금 우리가 앞의

나는 나다

몇 분의 글을 봄과 같지 않겠는가? 하물며 거침없고 아득하게 말하는 것은 크게 되고자 함이요, 옛것을 본받지 않는 것은 또한 홀로 우뚝 서고자 하는 것이니 어찌 이러쿵저러쿵 말하는 것의 대상이 되겠는가? 그대는 그 몇 분의 글을 자세히 보았는가? 좌씨左氏는 절로 좌씨가 되고, 장자莊子는 절로 장자가 되며, 사마천司馬遷과 반고班固는 절로 사마천과 반고가 되고, 한유韓愈·유종원柳宗元·구양수歐陽修·소식은 또한 절로 한유·유종원·구양수·소식이 되어, 서로 답습지 않고 각기 일가를 이루었다. 내가 원하는 바는 이것을 배우자는 것이다. 남의 집 아래에다 집을 덧짓고서, 도둑질해 끌어왔다는 나무람을 답습하는 것을 부끄러워한다.

後之視今文, 安知不如今之視數公文耶. 況滔滔莽莽, 正欲爲大, 而不銓古者, 亦欲其獨立, 奚飫爲? 子詳見之數公乎? 左氏自爲左氏, 莊子自爲莊子, 遷固自爲遷固, 愈宗元脩軾亦自爲愈宗元脩軾, 不相蹈襲, 各成一家. 僕之所願, 願學此焉. 恥向人屋下架屋, 蹈竊鉤之誚也.

「문설文說」의 한 대목이다. 여기서도 '옥하가옥'이라는 표현이 나온다. 벌써 세번째다. 그가 말하고자 하는 것은 간명하다. 나는 옛사람의 글에서 배운다. 그렇지만 내가 옛글에서 배우고자 하는 것은 기승전결의 문장 구성이나 편장자구篇章字句의 표현 방식이 아니다. 좌씨는 좌씨가 되고, 장자는 장자가 되며, 한유가 구양수와는 다르고, 유종원이 소식이 될 수 없게 하는 정신, 서로 따라 하거나 흉내 내지 않고 각자 나름의 방법으로 일가를 이루는 길, 나는 그들의 글에서 이 정신을 배우고자 하는 것이다. 그러자면 나는 어떻게 해야만 할까?

허균이 한 이 말은 한유의 '사기의師其意 불사기사不師其辭'의 정신을 환기시킨다. 옛글을 본받되 그 정신을 본받아야지 그 표현을 본받아서는 안 된다는 뜻이다. 겉모습이 같다고 해서 내가 옛사람이 되는 것이 아니다. 그 정신의 실질, 그 속에 담긴 삶의 진실을 읽어내야 한다. 그런데 그것을 표현하는 방법은 시대에 따라 다르고, 지역에 따라 차이 나며, 사람마다 같지 않다. 내가 두보가 아니고 소식이 아닐진대 그를 모방하여 그의 경지에 도달한다는 것은

나는 나다

애초에 불가능한 일이다.

한유는 이를 달리 '동공이곡同工異曲'이라는 말로 표현하기도 했다. 훌륭한 솜씨인 것은 한가지인데, 곡조는 다르다는 말이다. 깨달음의 경지에 들어서게 되면 표현 방법은 저마다 달라도 그 원리는 한가지다. 고수는 결코 획일화되지 않는다. 상동구이尙同求異, 그들과 같아지기를 추구하려거든 그들과 달라져야만 한다. 같아지려고만 해서는 결코 같아질 수가 없다. 훌륭한 시인이 되고 싶은가? 그렇다면 앞선 시인들의 망령에 사로잡혀서는 안 된다. 부처를 만나면 부처를 죽이고, 보살을 만나면 보살을 죽여라. 그들의 울타리 아래 안주하기를 거부하고, 빈 들판에 너 자신만의 새 집을 지어라.

시에 내 목소리를 실으려면

어떻게 해야 한 편의 시 속에 나만의 목소리를 담을 수 있을까? 이 글에서 다루려는 두번째 화두는 '표현론'이다. 허균은 「시변」에서 그 과정과 단계를 다음과 같이 친절하게 설명한다.

먼저 뜻을 세움에 나아가고 그다음으로 말을 엮는 것을 바르게 하여, 구절이 살아 있고 글자가 원숙하며, 소리가 맑고 박자가 긴밀해야 한다. 소재를 취해와서 엮되 놓여야 할 자리에 놓아두고 빛깔로 꾸미지 아니하며, 두드리면 쇳소리가 울리는 것만 같고 가까이 보면 화려한 듯하여, 이를 눌러 깊이 잠기게 하고 높이 올려 솟구쳐 내달리게 한다. 시상詩想을 닫는 것은 우아하면서도 굳세게 하고, 여는 것은 호방하고 시원스레 하여, 이를 펼치면 시상이 넘쳐흘러 읽는 이를 고무시켜야 한다. 쇠를 써서 금이 되게 하고 진부한 것을 변화시켜 신선하게 만들어야 한다. 평평하고 담담하면서도 얕고 속된 데로 흘러서는 안 되며, 기이하고 예스럽더라도 괴벽한 것을 가까이하지 않는다. 형상을 노래하되 그 사물의 모양에 얽매이지 않고, 펼쳐 서술하더라도 성률에 병통이 없어야 한다. 아름답게 꾸미더라도 이치를 손상하지 않고, 의논을 펼치더

나는 나다

라도 엉기지 않아야 한다. 비유가 깊은 것은 사물의 이치와 통하며, 용사用事가 공교로운 것은 마치 자기에게서 나온 것 같아야 한다. 작품이 이루어지면 격조가 드러나 혼연히 아무 지적도 할 것이 없고, 말 밖으로 기운이 솟아나 호연한 기운을 꺾을 수가 없다. 이를 다 갖춘 뒤에 내놓는다면 그제서야 시라고 말할 수 있을 것이다.

先趣立意, 次格命語. 句活字圓, 音亮節緊. 而取材以緯之, 不犯正位, 不着色相, 叩之鏗如, 卽之絢如. 抑之而淵深, 高之而騰踔, 闔而雅健, 闢而豪縱, 放之而淋漓鼓舞, 用鐵如金, 化腐爲鮮. 平澹不流於淺俗, 奇古不隣於怪癖, 詠象不泥於物類, 鋪敍不病於聲律. 綺麗不傷理, 論議不粘皮. 比興深者通物理, 用事工者如己出. 格見於篇成, 渾然不可鐫. 氣出於外言, 浩然不可屈. 盡是而出之, 則可謂之詩也.

시 짓기의 출발은 '입의立意'에 있다. 무심히 지나치던 사물이 설레듯 내게 다가와 하나의 의미로 맺힌다. 저 사물은 내게 무엇을 말하라 하는 것인가? 무정한 것이 오늘 내게 왜 유정하게 느껴지는가? 입의란 한 편의 시에서 시인이 말하고 싶어 하는 궁극점이다. 그것은 처음부터 또렷하기도 하고, 막상 모호하다가 점점 형체를 드러내기도 한다. 혹 끝내 무어라 말할 수 없는 생각의 덩어리인 채로 남아 있을 때도 있다.

입의가 이루어진 다음에는 '명어命語'의 차례다. 언어로 표현되지 않은 생각은 생각이 아니다. 언어로 구상화될 때 그것은 비로소 하나의 의미가 된다. 시는 리듬의 언어이니, 그저 의미의 나열로만 되지 않고 음절의 조화가 덧붙어야 한다. 적절한 표현과 제재를 끌어오고, 있어야 할 자리에 그것들을 배치하며, 쓸데없는 꾸밈으로 감정의 진솔함을 잃는 일이 있어서는 안 된다. 남의 시선을 놀라게 하는 아름다운 표현에 집착하느라, 정작 해야 할 말을 놓쳐서도 안 된다.

점철성금點鐵成金, 쇠를 쳐서 금을 만들어라. 훌륭한 시는 일상 속에 있다. 진부한 일상 속에서 신선한 의미의 샘물을 길어 올려라. 남들이 보면서도 못 보는 사실, 늘 마주하면서도 간과해버리고 마는 사물 속에 삶의 진실이 있다. 사물의 비의秘儀는 높고 고원한 것 속에 있지 않다. 그것은 말똥과 소 오줌 속에 있고, 길 위에 구르는 자갈돌과 기왓장 속에 있다. 깨어 있는 시인의 눈은 그것을 결코 놓치는 법이 없다.

좋은 시는 평범 속에 비범을 담고 있다. 일상에서 끌어왔다 해서 천박하지도 속되지도 않다. 때로 기이한 것을 끌어와도 괴벽한 데로 흐르는 법이 없다. 그 사물을 노래하되 그 외양에 집착하여 얽매이지 않는다. 길게 설명하는 듯싶어도 언어의 가락은 그대로 살아 있다. 보다 나은 표현을 위한 배려가 전달하려는 이치를 손상시키지 않고, 더욱이 자신의 이념을 강요하지 않는다.

이러할 때 시는 비로소 나의 목소리를 드러낸다. 격조가 일렁여 물결을 이루고, 언어의 밖으로 호연한 기상이 솟아나 가슴으로 느낄 뿐 무어라 말할 수가 없다. 그리하여 그 시를 읽는 이들이 시를 쓴 나의 마음자리를 알고, 나의 사람됨을 알게 되는 시, 이러한 경계가 바로 허균이 추구했던 '허자지시'의 궁극적 도달점이었다.

깨달음이 없이는

시에는 자기만의 목소리가 있어야 한다. 그리고 그것
은 점철성금하는 표현의 묘를 통해 전달된다. 그렇다면 자
기만의 목소리는 어떻게 얻어지는가? 어찌해야 쇠를 두
드려 황금으로 변모시킬 수 있나? 이 글의 세번째 화두는
'묘오론妙悟論'이다. 좋은 시를 쓰려면 깨달음이 있어야 한
다. 그런데 그 깨달음은 이론을 많이 알거나, 학력이 높다
고 해서 이루어지는 것이 아니다. 시에서의 깨달음은 그런
것과는 별 관계가 없다.

권필權韠이 이름과 지위가 높지 않아 사람을 움직일
만하지 못한 데다가, 세상 사람들이 제 눈으로 보았다
하여 그를 우습게 여기지만, 옛날에 태어났더라면 사
람들이 어찌 그를 김종직金宗直 정도로 우러렀을 뿐이
겠는가? 어떤 이는 권필이 학력이 적고 원기가 부족
하다는 이유로 마땅히 김종직에게 한자리를 내주어야
한다고 하나, 이는 더더욱 시도詩道를 알지 못하는 것

이다. 시에는 별도의 뜻이 있으니 이치와는 관계없고, 시에는 별도의 재주가 있으니 글과는 상관없다. 오직 그 천기天機를 희롱하고 오묘한 조화를 빼앗는 즈음에 신神이 빼어나고 울림이 맑으며 격조가 뛰어나고 생각이 깊은 것이 가장 상승上乘이 된다. 그 사람이 학문의 온축이 비록 풍부하여도 비유하자면 교종教宗에서 점수漸修를 말하는 것과 같으니, 어찌 감히 선종禪宗의 임제臨濟 이상의 지위를 바랄 수 있겠는가.

汝章名位不能動人, 而世以目見賤之, 使其生於前古, 則人之仰之, 奚啻佔畢乎? 或以汝章少學力乏元氣, 當輸佔畢一着, 是尤不知詩道者. 詩有別趣, 非關理也, 詩有別材, 非關書也. 唯其於弄天機奪玄造之際, 神逸響亮, 格越思淵, 爲最上乘. 彼蘊蓄雖富, 譬猶談敎漸門, 其敢望臨濟以上位耶.

「석주소고서石洲小稿序」에서 권필과 김종직을 비교한 대목이다. 권필은 당대의 시인이고, 김종직은 이미 이름난 전대의 시인이다. 김종직은 이름과 지위가 높았고, 권필은 변변한 벼슬자리 하나 얻지 못했다. 또 김종직은 학문이 높아 바탕에 깔린 저력이 있었으나 권필은 별반 그렇지도 못했다. 이처럼 드러난 몇 가지 사실로만 보고서 사람들은 김종직이 권필보다 훨씬 더 우수한 시인임에 틀림없다고 믿는다. 그러나 허균은 잘라 말한다. 그렇게 말한다면 그야말로 시의 도를 모르는 사람이라고 말이다.

이론에 해박하다 하여 그의 시가 좋은 것이 아니다. 학력에 비례하여 시 쓰는 능력이 높아지는 법은 없다. 시에는 별도의 뜻이 있고, 별도의 재주가 있다. 관건은 사물과 만나는 접점에서 피어나는 아지랑이, 그 오묘한 떨림을 포착하는 정신의 투명함과 섬세함에 있을 뿐이다. 불경을 많이 공부했다 하여 저마다 고승대덕이 되는 것이 아니다. 점진적으로 닦아 수행하다 보면 대각大覺의 길에 이를 수도 있겠지만, 기왓장을 숫돌에 간다고 거울이 되는 법은 없지 않은가? 점수漸修의 노력만으로는 마침내 돈오頓悟의 한소식을 깨칠 수 없는 것이 바로 시의 세계다.

이 글에서 "시에는 별도의 뜻이 있어 이치와는 관계없고, 시에는 별도의 재주가 있으니 글과는 상관없다"라는 대목은 원래 허균이 한 말이 아니다. 송나라의 비평가

나는 나다

엄우嚴羽가 그의 『창랑시화滄浪詩話』에서 처음 했다. 엄우
는 성률의 격식만을 추구했던 당대 강서시풍의 폐단을 통
렬하게 비판했던 인물이다. 허균의 시관도 그와 같은 기조
위에 놓여 있다고 하겠다.

  시는 송나라에 이르러 없어졌다 할 만하다. 이른바
없어졌다는 것은 그 말이 없어졌다는 것이 아니라 그
원리가 없어졌다는 것이다. 시의 원리는 상세함을 다
하고 에돌려 곡진히 하는 데 있지 않고, 말은 끊어져
도 의미는 이어지고 가리킴은 가까우나 뜻은 먼 데에
있다. 이치의 길에 걸려들지 아니하고 말의 통발에 떨
어지지 않는 것이 가장 상승이 되니 당나라 사람의 시
가 왕왕 이에 가까웠다.

詩至於宋, 可謂亡矣. 所謂亡者, 非其言之亡也, 其理之
亡也. 詩之理, 不在於詳盡婉曲, 而在於辭絶意續. 指近
趣遠, 不涉理路, 不落言筌, 爲最上乘. 唐人之詩, 往往
近之矣.

「송오가시초서宋五家詩鈔序」의 첫대목이다. 송나라 때는 시를 가슴으로 쓰지 않고 머리로만 썼다. 누가 시를 한 편 쓰면 이러쿵저러쿵 쉴 새 없이 떠들어대지만, 실제 그들의 처방은 시를 짓는 데 도움이 되기는커녕 도리어 질곡이 될 뿐이다. 그들의 처방을 충족시킬 수 있는 시는 세상 어디에도 없다. 있다 하더라도 그것은 이미 시적 감흥을 일으키지 못하는 '죽은 언어'의 시체일 뿐이다. 그들은 툭하면 이론의 잣대로 수술의 칼날을 들이댄다. 종양을 제거하고 상처를 치료하는 데는 성공했으나 정작 환자는 죽고 마는 꼴이다.

시의 원리는 그런 데 있지 않다. 시는 시시콜콜 다 말하는 데 묘미가 있는 것이 아니다. 말하지 않고 말하기, 언어의 길은 이미 끊어졌어도 의미는 이어지며, 가까운 주변의 일을 말했지만 생각은 저 먼 하늘 구름 저편에 떠돌게 하는 것, 이것이 시의 언어다. '불섭이로不涉理路, 불락언전不落言筌,' 즉 이치의 길에 떨어지지 않고 말의 통발에 걸려들지 않는다는 것도 사실은 엄우의 말에서 따온 것이다.

그렇다면 시인은 타고난 소질이 있어야 하는가? 소질만 타고나면 공부하지 않아도 얼마든지 좋은 시를 쓸 수

나는 나다

있는가? 그것은 또 그렇지가 않다.

　문장이 비록 작은 재주라고는 하지만 학력과 식견, 그리고 공부의 과정 없이는 지극한 데까지 이를 수가 없다. 말하는 것에 비록 크고 작고, 높고 낮음은 있지만 그 오묘함에 이르기는 한가지다. 우리나라 사람들은 옛것에 널리 통하지 못해 학력이 없고, 스승에게 나아가지 않아서 식견이 없으며, 온축하여 익히지 않으므로 공부의 과정이 없다. 이 세 가지가 없으면서도 망령되이 스스로 옛사람을 뛰어넘어 후세에 이름을 남길 수 있다고 떠들어대는데 나는 감히 믿지 못하겠다.

文章雖曰小技, 無學力無識見無功, 不可臻其極. 所瑧雖有大小高下, 及其妙則一也. 我東人不博古, 故無學力. 不就師, 故無識見. 不溫習, 故無功程. 無此三者, 而妄自標榜, 以爲可軼古人名後世, 吾不敢信也.

「답이생서答李生書」의 한 구절이다. 좋은 시를 쓰려면 세 가지를 갖추어야 한다. 학력과 식견, 공부의 과정이 그

것이다. 옛것을 널리 통하여 익히는 데서 학력은 갖추어진다. 좋은 시를 쓰려면 선배들의 시를 많이 읽고 음미해야 한다. 좋은 스승을 만나 배우는 속에서 비로소 식견이 생겨난다. 자신을 과신하지 말라. 자칫 자신의 이명耳鳴에 현혹되기 쉽다. 제게는 비록 아름다운 소리로 들릴지 몰라도 남에게는 들리지 않는다. 반대로 자신의 코골기를 인정하지 않게 되는 수도 있다. 남들은 다 보는 단점을 정작 저 자신만은 종내 인정하지 않는다. 그래서 독선에 빠지고 아집에 빠진다. 학력이 있고 식견을 갖추었어도, 끊임없는 습작과 퇴고가 없이는 지극한 단계에 도달할 수 없다.

앞선 이의 성취를 널리 익혀 통하는 학력, 훌륭한 스승을 통해 얻는 식견, 배워 익히는 한편으로 부단히 습작하는 공부, 이 세 가지는 옛사람을 뛰어넘기 위해 반드시 필요한 것들이다. 시가 비록 별도의 재주에서 나오는 것이라 해도, 노력 없이 그저 얻어지는 것은 아니다.

이무기의 못 이룬 꿈

시의 위엄을 어디서 찾을까? 어떻게 쓰는 시가 좋은 시인가? 어찌하면 훌륭한 시인이 될 수 있는가? 허균의 그 때에도 지금의 우리에게도 늘 곤혹스런 물음들이다. 봄여 름 한철을 울고 내쳐 휴식하는 꾀꼬리와 종달새의 도도함 보다 사철 지저귀는 까마귀와 참새의 시끄러움만 가득 찬 것은 예나 지금이나 변함없는 시단의 표정이다. 앉을 자 리조차 가리지 못하는 형편없는 시야 말할 것도 없겠지만, 시인 정지용의 말마따나 꽃이 봉오리를 머금고 꾀꼬리 목 청이 제철에 트이듯, 아기가 열 달을 차서 태반을 돌아 탄 생하듯 온전히 제자리가 돌아 빠진 시를 찾아보기 힘든 것 은 고금이 한 이치다.

허균의 외가가 있던 강릉 경포대 옆 초당에서 바다를 옆에 끼고 30분가량 차를 타고 올라가면 사천이라는 곳이 나온다. 그가 유년을 보냈던 곳이다. 그 뒷산의 이름이 교 산蛟山인데 실제로는 야트막한 뒷동산에 지나지 않는다. 울창한 숲이 해를 가리고, 산의 등줄기가 구비구비 서려

있어 교룡蛟龍, 즉 이무기가 꿈틀대는 듯한 느낌을 주는 곳
이다. 처음 이곳에서 나는 그의 시비詩碑를 찾다가 길을 잃
고 헤맨 적이 있었다. 교산은 허균의 호이기도 하다. 내게
는 용으로 승천하지 못하고 꿈을 접어야 했던 허균의 한
상징으로 읽힌다. 그가 이르고 싶었지만 끝내 도달하지 못
했던 시의 경지와 함께.

나는 나다

2장

나는 나다

이용휴(李用休, 1708~1782)의
「환아잠還我箴」외

강세황, 「소나무, 대나무와 모란」(松石圖)(출처: 국립중앙박물관)

문단의 저울대가 그의 손에 있었다

이용휴는 18세기 문단의 거벽이다. 정약용은 그에 대해 이렇게 적었다. "마음을 쏟아 문사에 전념하여 동국의 비루함을 씻어내고 힘써 중국을 따랐다. 지은 글은 기굴奇崛하고 새로우면서도 교묘하였다. 명성이 한 시대에 우뚝하였으므로 탁마하여 스스로를 새롭게 하려는 자들이 모두 그에게 나아가 잘못을 바로잡았다. 몸은 벼슬하지 않은 포의布衣의 신분이었지만 손으로 문단의 저울대를 잡은 것이 30여 년이다. 예로부터 있지 않았던 바다." 이용휴의 손아귀에서 18세기 문단의 저울대가 30여 년 좌지우지되었다는 얘기다.

그의 글은 평범하지 않고, 그의 시는 늘 의표를 찌른다. 때로 기굴함이 지나쳐서 사람의 눈을 놀라게 한다. 그저 말할 수 있는 것을 돌려 말했고, 어떤 때는 반대로 단도직입으로 찔러 말했다. 남이 백 마디 천 마디로도 못할 말을 단 몇 줄의 짧은 글에 넘치게 담았고, 남에게 이야깃거리도 못 될 일을 백 마디 천 마디로 늘려 말하기도 했다.

이용휴의 본관은 여주驪州, 자는 경명景命, 호는 혜환惠寰이다. 당색은 남인이다. 장희빈 사건에 연루되어 선대 이잠李潛이 장살되면서 집안이 급속도로 몰락했다. 숙부는 옥동玉洞 이서李漵였고, 막내 숙부는 성호星湖 이익李瀷이었다. 『택리지擇里志』를 쓴 이중환李重煥이 그의 조카였고, 당대의 천재로 이름 높았던 이가환李家煥이 그의 아들이다. 아들의 벼슬은 형조판서에 이르렀다. 아들은 신유사옥辛酉邪獄 때 사학邪學 죄인으로 몰려 죽었다. 이후 그의 집안 문적文籍들은 모두 금기의 언어가 되었다.

참 나로 돌아가자

먼저 읽을 글은 「환아잠還我箴」이다. 신득녕申得寧을 위해 지은 작품이다. 신득녕의 본명은 신의측申矣測이다. 자가 하사何思인데, 환아還我는 그의 다른 자다. 자를 '무슨 생각何思'이나 '내게로 돌아가리還我'로 삼은 것을 보면 그는 결코 평범한 사람이 아니다. 그가 돌아가고 싶었던 '나'

옛날 처음 내 모습은	昔我之初
천리 따라 순수했지.	純然天理
지각이 생긴 뒤로	逮其有知
해치는 것 생겨났네.	害者紛起
식견이 해가 되고	見識爲害
재능이 해가 됐지.	才能爲害
마음과 일 익히는 것	習心習事
갈수록 어려워져.	輾轉難解
다른 이를 떠받들어	復奉別人
아무개 씨 아무개 님	某氏某公
끌어대고 잔뜩 기대	援引藉重
바보들을 놀래켰네.	以驚羣蒙
옛 나를 잃고 나자	故我旣失
참 나마저 숨어버려.	眞我又隱
일 꾸미는 자가 있어	有用事者
나를 잃은 틈을 탔네.	乘我未返
오래 떠나 집 생각나	久離思歸

꿈을 깨니 해가 떴다.　　　　　　夢覺日出

번드쳐 몸 돌리매　　　　　　　　翻然轉身

내 방으로 와 있구나.　　　　　　已還于室

광경은 변함없고　　　　　　　　　光景依舊

몸의 기운 편안하다.　　　　　　　體氣淸平

차꼬와 형틀 벗어　　　　　　　　發錮脫機

오늘에 태어난 듯.　　　　　　　　今日如生

눈의 밝음 변함없고　　　　　　　目不加明

귀의 총명 그대롤세.　　　　　　　耳不加聰

타고난 총명함이　　　　　　　　　天明天聰

옛날과 같아졌네.　　　　　　　　　只與故同

모든 성인 그림자라　　　　　　　千聖過影

나는 내게 돌아가리.　　　　　　　我求還我

갓난애와 큰 어른이　　　　　　　赤子大人

그 마음이 한가지라.　　　　　　　其心一也

신기한 것 없고 보면　　　　　　　還無新奇

딴 마음이 쉬 생기리.　　　　　　　別念易馳

만약 다시 떠나가면　　　　　　　若復離次

되올 기약 영영 없다.　　　　　　　永無還期

향 사르며 머리 숙여	焚香稽首
천신께 맹서하리.	盟神誓天
이 몸이 마치도록	庶幾終身
나와 함께 지낼 것을.	與我周旋

애초의 나는 티끌 하나 없이 순수했다. 나는 천리天理 그 자체였다. 세상은 나를 위해 움직이고, 사물과 나 사이에는 아무 간격이 없었다. 차츰 지각이 생기면서 천리는 나와 조금씩 멀어졌다. 무얼 얻어들으면 그전에 자연스럽게 받아들이던 것에 의심이 생겼다. 내가 내 재능을 의식하자 뭔가 자꾸 작위하고픈 마음이 일었다. 할 수 있을 것 같고 해야만 할 것 같았다. 그러는 사이에 순연했던 천리는 내게서 떠나갔다. 대체 무슨 일이 일어난 걸까? 오늘은 이걸 익히고, 내일은 저걸 배웠다. 식견을 늘리고 재능을 기르는 동안 세상일은 점점 알 수 없게 되고, 자연스러워 걸림 없던 팔다리에 난마亂麻가 얽혔다. 나는 운신의 폭을 잃었다. 옴짝달싹할 수 없었다.

다른 이는 어찌하나 궁금했다. 이런저런 대가들을 지켜보았다. 그들도 빈 쭉정이이긴 마찬가지였다. 사람들은 실상을 보지 못한 채 명성을 높이고 존경으로 받들었다. 나는 그 그늘에 숨기로 했다. 그 대열에 합류했다. 그들을 따르던 바보들은 나를 보고 놀라 새롭게 열광했다. 나는 내 말을 잊고 그들의 언어를 되뇐다. 나는 참 나를 잃고 옛 나를 버렸다. 사람들은 멋있다 하고 굉장하다 하고 근사하다 했다. 그 장단에 춤추는 사이에 나는 돌아오지 못할 강을 건너버렸다.

어느 날 아침 일어나 문득 생각한다. 나는 누군가? 여기는 어딘가? 어디서 와서 어디로 가는가? 내 길은 바르고, 내 일은 기쁜가? 하나도 알 수 없었고, 조금도 기쁘지 않았다. 나는 허깨비 명성에 달콤하게 취해 있었다. 문득 보니 그들의 열광은 나를 향한 것이 아니었다. 사람들은 저마다 참 나를 잃고 옛 나를 버렸다. 지금에 안주하고 빈 껍데기에 환호하며 가짜 나를 추종했다.

나는 시를 원했는데 시가 나를 버렸다. 나는 참을 바랐으나 참은 내게서 떠나갔다. 나는 나를 만나지 못해 오래도록 슬펐다. 돌아가리라! 떠나왔던 첫 자리로. 떠나리라! 덧없는 명성으로부터. 버리리라! 내가 전부라고 생각했던 것들을. 툴툴 털고 나자 첫 나, 참 나, 옛 나가 돌아왔다. 눈은 맑고 귀는 밝았다. 눈꺼풀에 쓰였던 콩깍지가 벗겨지고, 꽉 막혔던 귓구멍이 뻥 뚫렸다. 나를 얽어매고 옥죄던 차꼬와 형틀이 거짓말처럼 사라졌다. 팔을 쭉 뻗고 발을 쭉 내질러도 아무 걸림이 없었다. 굳었던 근육이 나른하게 풀어졌다. 믿기지 않았다.

　내가 나일 때 나는 나이 든 갓난아이다. 천리는 늘 나와 동행한다. 천리는 지극히 자연스러워 신기함과는 거리가 멀었다. 나는 그간 사람들 눈을 놀라게 할 신기한 일만 찾아다녔다. 평범한 것은 죽기보다 싫었다. 문득 돌아와 보니 자연스러운 것만이 소중했다. 나는 이제 심심해도 신기한 것을 찾느라 나를 길 위에 두지 않겠다. 이제 한 번 더 나를 떠나면 나는 영영 내게로 돌아올 수가 없으리. 나는 나와 살겠다. 남은 마음에 두지 않겠다. 내가 나와 있을 때만 나는 나다. 내가 남과 있으면 나는 허깨비다. 나는 이제 허깨비 인생과 작별한다. 나는 새 삶을 원치 않고 옛 삶을 되찾기 원한다. 나는 새 나를 바라지 않고 옛 나로 돌아가기를 원한다. 나는 거짓 나를 버려 참 나와 만나고 싶다.

나를 찾아 내가 되는 시

이렇게 해서 이용휴는 그토록 바라던 참 나를 되찾았다. 「환아잠」은 이용휴가 환아라는 자를 가진 신의측의 이름 풀이로 써준 글이지만, 자신을 향한 다짐도 함께 담았다. 이용휴의 아들 이가환도 환아를 두고 짧은 전기를 따로 남겼다. 「환아소전還我小傳」이라는 글이다.

옛사람이 스승과 임금과 아버지를 높였던 것은 모두 까닭이 있다. 뜻이 높은 광견狂狷의 인사는 공자께서도 그리워했던 바다. 후세에는 이에 가까운 자는 있어도 걸맞은 사람은 없다. 슬프다! 내가 본 바로는 신생申生이야말로 바로 그 사람이다. 그의 이름은 의측이고 자는 하사니, 환아는 그의 다른 자다. 어려서는 기운을 믿고 배우지 않았다. 자라서는 가락에 맞춰 책을 읽었다. 성품이 묻는 것을 좋아했다. 물었는데 대답하지 못하거나, 대답했는데 시원치 않으면 문득 다른 스승에게로 갔다. 내가 처음 그를 만났을 때 지닌 것을 보니 이상한 책이 아니었다. 모두 익히 보던 것들이었다. 하지만 그가 질문을 해오자 모두 아마득히 처음 보는 것만 같았다. 내가 자리를 피한 것이 여러 번이었다. 오래도록 살펴보니 그가 하려는 뜻은 반드시 제1등이 되는 데 있었다. 의측은 몹시 가난해서 남을 가르치는 훈장이 되었다. 훈장은 입고 먹는 것을 거기에 의존하므로 아이들의 놀림감이 되곤 한다. 하지만 그의 학생들은 옷매무새를 단단히 하고 순서에 따라 줄지어 다녔다. 제자의 직분을 닦기에 오직 삼가, 구차하게 취하거나 낯빛을 바꾸지 않고도 따르게 했다. 의측은 키가 크고 얼굴은 길쭉하다. 수염이 짙게 났다. 행동거지는 질박하면서도 꾸밈이 없었다. 눈동자는 깊고도 맑았다. 의측은 책을 읽을 때 그 오묘함을 다하였다. 권세 있는 사람이 자주 청했지만 모두 사양하고 가지 않았다. 다만 표암 강세황姜世晃과 칠탄 이광려李匡呂만 따라 노닐었다.

古之人隆師與君父, 並有以哉. 狂狷之士, 孔子所思. 後世有近之者, 而無所裁. 悲夫! 以余所見, 申生蓋其人也.

生名矢測, 字何思, 別字還我. 小負氣不學, 及長, 折節
讀書. 性好問, 問而不能答, 答而不能詳, 輒從他師. 余
始遇之, 視其所挾非異書, 皆常所熟也. 及其有問, 皆茫
然如始見. 余爲避席者數四. 久而察之, 凡有所爲意, 必
在第一等也. 矢測甚貧, 爲人塾師. 塾師衣食有賴, 例爲
桐子所姍. 獨矢測之徒, 飭衣帶舒, 鴈行列, 修弟子職惟
謹, 以不苟取不失色, 以服之也. 矢測長身狹面, 須藥濃
郁, 舉止樸野. 惟瞳子窅然清粹. 矢測攻書, 臻其妙, 權
貴人多邀之, 皆謝不往. 獨從姜豹菴世晃, 李七灘匡呂遊.

환아는 평범한 책을 들고 와서 비범한 질문을 했다.
모든 낡은 것들이 그를 거쳐 나오면 문득 처음 보는 것으
로 변했다. 그는 자신의 물음에 대답하지 못하면 문득 스
승을 바꾸었다. 나는 그가 질문을 할 때마다 생각이 아득
해져서, 그가 오면 자리를 피하기 일쑤였다. 그에게 버림
받은 스승이 되고 싶지 않아서였다. 그는 가난에 주눅 들
지 않았다. 맑고 깊은 스승의 눈빛에 감화된 그의 학생들
은 법도를 잃지 않았다. 권세는 그에게 바람 같았다. 그는
공부의 길에서 가장 으뜸의 자리에 스스로 우뚝 서기를 원

했을 뿐, 남들의 시선은 아랑곳하지 않았다. 그는 자신에게 돌아와 참 나를 찾은 사람이다.

문학이란 무엇인가? 좋은 시는 어떤 시인가? 내가 나와 만나 대화하고, 나를 찾아 내가 되는 시다. 내 안에서 거짓 나를 몰아내고 참 나를 깃들이는 과정이다. 나를 밀어내고 들어앉은 남을 내다버려, 진짜 주인을 되앉히는 절차다.

따라 하지 않고 제 말을 한다

참 나를 되찾아야 한다는 이용휴의 생각은 계속 이어진다. 자기 집 이름을 '아암我菴,' 즉 '내 집'이라고 지은 이처사李處士라는 사람을 위해 써준 「아암기我菴記」의 앞 대목이다.

내가 남과 마주하면 나는 친하고 남은 멀다. 내가 사물과 마주 서면 나는 귀한데 사물은 천하다. 하지만 세상에서는 도리어 친한 것이 소원한 것의 말을 듣고, 귀한 것이 천한 것에게 부림을 당한다. 어째서 그럴까? 욕심이 밝음을 가리고, 습관이 참됨을 가라앉히기 때문이다. 이러다 보니 좋아하고 미워함, 기뻐하고 성냄, 굽어보고 올려다보는 행동거지 하나하나조차 모두 덩달아 하느라 스스로 주인이 될 수가 없다. 심지어 말하고 웃는 얼굴 모습조차 저들의 노리갯감으로 제공하고 말아, 정신과 생각, 털구멍과 뼈마디조차도 어느 것하나 내게 속한 것이 없다. 부끄럽기 짝이 없다.

我對人, 我親而人疏, 我對物, 我貴而物賤. 世反以親者聽於疏者, 貴者役於賤者, 何? 欲蔽其明, 習泪其眞也. 於是有好惡喜怒, 行止俯仰, 皆有所隨而不能自主者. 甚或言笑面貌, 以供彼之玩戲, 而精神意思, 毛孔骨節, 無一屬我者, 可恥也已.

이용휴는 늘 '나'를 앞세운다. 내가 중요하지 남은 중요하지 않다. 내가 귀할 뿐 사물은 귀하지 않다. 사람들은 이상하다. 가장 잘 알고 가깝고 귀한 저 자신을 내버리고, 오로지 알량한 남 비위 맞추느라 여념이 없다. 하고픈 말

나는 나다

이 있어도 꾹 참아 삼킨다. 그러면서 남 좋아할 말만 한다. 비위를 맞춰 환심을 사서, 스스로 노리갯감이 된다. 몸뚱이는 내 것이 분명한데, 하는 짓은 남의 것이 틀림없다. 내가 해서 기쁜 것을 하는 대신, 남이 보아 기쁠 것만 한다. 그들이 기쁠수록 나는 슬퍼지는데, 알량한 칭찬과 명성을 얻겠다고 그것과 맞바꾼다.

내가 나일 때 시가 참되고 문학이 달다. 거짓 나를 버려 참 나로 돌아가려면 어찌해야 하나? 마무리로 읽을 글은 천재 시인 이언진李彦瑱의 문집에 써준 이용휴의 서문 「송목관집서松穆館集序」이다.

시문에는 남을 좇아 의견을 일으키는 자가 있고, 자기를 좇아 견해를 일으키는 자가 있다. 남을 좇아 의견을 일으키는 자에 대해서는 내가 말하지 않겠다. 자기를 좇아 견해를 일으키는 자는 혹 고루하거나 편벽된 것을 뒤섞지 말아야 진견眞見이 된다. 또 반드시 진재眞才로 이를 보탠 뒤라야 성취가 있게 된다. 내가 여러 해 이를 구하다가 송목관 주인 이우상 군을 얻었다. 군은 시도詩道에서 무리를 벗어난 식견과 아득한 경계에 들어간 생각이 있다. 먹 아끼기를 황금처럼 하고, 시구 단련하기를 연단煉丹하듯 한다. 붓을 들어 쓰기만 하면 전할 만한 작품이 된다. 하지만 세상이 알아주기를 구하지 않는 것은 세상에 알 만한 자가 없기 때문이다. 남을 이기려 들지 않음은 족히 이길 만한 자가 없는 까닭이다. 다만 이따금 내게 와서 작품을 내놓고는 다시 상자 속에 넣어둘 뿐이다. 아! 벼슬이 올라가 1품에 이르러도 아침에 이를 거두면 저녁에는 몸뚱이만 남는다. 재물을 쌓아 만금에 이르러도 저녁에 이를 잃으면 아침에는 가난뱅이가 된다. 하지만 문인재자가 지닌 것은 한번 소유한 뒤에는 조물주라 해도 어찌해볼 도리가 없다. 이것이 바로 진유眞有, 즉 진정한 소유다. 그는 이미 이를 지녔으므로 나머지 구구한 것은 모두 사양해버리고 가슴속에 두지 않아야 할 것이다.

詩文有從人起見者, 有從己起見者. 從人起見者, 鄙無論, 卽從己起見者, 毋或雜之固與偏, 乃爲眞見. 又必須眞才而輔之, 然後乃有成焉. 予求之有年, 得松穆舘主人李君

虞裳. 君於是道, 有邁倫之識, 入玄之思. 惜墨如金, 鍊
句如丹, 筆一落紙, 可傳也. 然不求知於世, 以世無能知
者, 不求勝於人, 以人無足勝者. 惟閒出薦余, 還錮之篋
而已. 嗟! 積階至一品, 朝收之, 暮爲白身. 殖貨至萬金,
暮失之, 朝爲竇人. 若文人才子之所有者, 則一有之後,
雖造物無可如何. 是卽眞有也. 君旣得有, 此餘區區者,
悉謝遣之, 勿置胸中可矣.

시는 제대로 하고 나름대로 해야지 덩달아 남 따라 하
면 안 된다. 내가 주인이 되어 살아 있는 말을 하려면 고루
한 것, 치우친 것을 털어내야 한다. 신기한 것, 괴상한 것
을 참신한 것으로 혼동해서도 안 된다. 이 중심을 잡아주
는 것은 진견眞見과 진재眞才다. 참되게 보고 실답게 느껴
야 참다운 시가 된다.

　이언진은 남들이 도저히 미칠 수 없는 아득한 생각을
아끼고 단련하고 다듬어서 세상에 시를 내놓는다. 그의 시
는 발표하는 작품마다 절창이 아닌 것이 없다. 그는 남이
알아주기를 구하지 않았다. 자기 시를 알아볼 안목 있는
사람이 있다고 생각지 않았기 때문이다. 남을 이기려 들지

도 않았다. 자신을 능가할 자가 없었던 까닭이다. 그는 참 나를 참 안목에 담아 참 재주로 갈고 다듬어, 아무도 빼앗 아갈 수 없는 참 소유眞有의 작품 세계를 일구어냈다.

이용휴도 한때는 옛것만 보고 고인의 꽁무니만 따라 다닌 시절이 있었다. 「족손 광국의 시권에 제하다題族孫光 國詩卷」라는 글에서는 "예전에는 옛것과 합치되는 것을 취 해 묘하다고 생각했다. 지금은 옛것에서 벗어난 것을 취해 뛰어나다고 생각한다. 이것이 가장 으뜸가는 비결이니 이 것으로 꼭 그러한 사람을 기다린다第昔取合古爲妙, 今取離古 爲神者, 此太上之訣, 以待其人者"라고 했다.

'나'는 이용휴 문학의 중심 화두다. 내가 없이는 시도 없다. 내가 있어야 시가 시다. 내가 있을 때 나는 나다. 나 는 나를 찾으려고 시를 쓰고, 나와 만나려고 시를 읽는다. 시의 시작에 내가 있고, 시의 끝에 내가 있다. 나는 누구인 가? 그 나를 못 찾고는 시 한 줄 쓸 수 없다. 그러니 시를 잘 쓰고 싶거든 '나'를 먼저 찾아라.

나는 나다

3장

시로 징징대지 마라

성대중(成大中, 1732~1812)의
「영처집서嬰處集序」 외

正使書記前
銀溪察訪從
六品成大中
字士執號龍
淵昌山昌寧
人壬子生三
十三歲

미야세 류몬이 그린 성대중 초상

날렵한 논리와 깊은 행간

    성대중은 연암燕巖 박지원朴趾源보다 다섯 살 위이고, 이덕무李德懋보다 아홉 살 위였다. 그는 서얼이었다. 그런데도 1756년 정시 문과에 당당히 급제했다. 당시 영조의 탕평책과 서얼통청庶孽通淸 논의에 힘입어 1765년 청직淸職에 올랐다. 1763년 통신사 조엄趙曮의 서기로 일본에 가서 시명을 크게 날렸다. 벼슬은 북청부사에 그쳤다.

    젊어서는 연암 그룹과 활발하게 왕래했다. 그는 온유 돈후한 사람이었다. 팔딱팔딱 뛰는 재주를 학문의 온축으로 지그시 눌러 도탑고 두터운 성정을 추구했다. 그가 정조의 문체반정에 적극 호응한 것을 두고 신분상의 약점을 의식해 그런 것이라는 삐딱한 시선도 있지만, 그런 것이 아니라 그의 사람됨이 원체 그랬다. 문집 『청성집靑城集』외에 별도로 전하는 『청성잡기靑城雜記』를 읽어보면 그가 어떤 삶을 추구했는지 잘 알 수 있다. 그 글들은 짧은 문장 속에 정신이 번쩍 들게 하는 깊은 행간을 품었다. 논리는 날렵하고도 경쾌했다.

모두들 튀고 싶어서 괴상하고 현학적인 논리로 자신을 드러내 보이려 애쓸 때, 그는 묵직하고 진중했다. 가볍지 않았다. 그가 18세기 시단에 무게 중심을 잡아준 셈이다. 그의 시학 주장은 듣기에 밋밋하지만 그래서 더 깊은 울림을 남긴다. 잊기 쉽고 간과하기 쉬운 것들에 대한 고려를 일깨운다.

시는 언어의 엑기스다

성대중이 35세 나던 1766년 2월, 이덕무가 자필 필사본 『영처집嬰處集』을 들고 찾아와 서문을 청했다. 성대중은 닭털 붓을 들어 유려한 필치로 서문을 써주었다. 이상하게 이 글은 그 뒤 이덕무의 『청장관전서靑莊館全書』에도, 성대중의 『청성집』에도 수록되지 않았다. 이덕무가 자신의 시를 직접 베껴 쓰고, 성대중이 친필로 써준 서문만 별도의 책으로 전해진다. 이 글이 어째서 문집에 빠졌는지는 알 수가 없다. 성대중은 시집의 서문만이 아니라 중간중간 개

별 작품에 대한 평어도 남겼다.

조금 길지만 자료 소개를 겸해 전문을 읽는다.

　마음에서 생겨나서 말로 펴고, 그 말을 가려 글에다
나타낸다. 이런 까닭에 글이란 말의 정채로운 것이요,
시는 또 글 중에 정채로운 것이다. 하지만 글이 갑작
스레 정채로워질 수는 없다. 제재를 널리 취하고, 옛
것에서 법도를 구하며, 오묘함으로 뜻을 짓는다. 드넓
어진 뒤에 요약하고, 예로워진 후에는 변화시키며, 오
묘해진 다음에는 이를 발양시켜야 한다. 이 세 가지가
갖추어져야 말이 정채로워진다. 그러나 기운이 굳세
고 정신이 전일한 사람이 아니면 이를 지켜내기가 어
렵다. 굳세어야 곧고, 곧아야 크게 된다. 커야 도가 높
아진다. 집중하면 모이고, 모여야 오래가는 법이니,
오래가야 사업이 드넓게 된다. 진실로 혹 억지로 굳세
게 하거나, 애를 써서 온전하려 한다면 이른바 박식한
사람이 반드시 어지럽게 되고, 예스런 자는 법도에 얽
매이게 되며, 오묘한 이가 틀림없이 천착에 빠지고 만
다. 이와 같은 사람은 다만 그 마음을 해치게 될 뿐이

니, 어찌 능히 그 말을 정채롭게 하겠는가? 이런 까닭에 글이 정채로운 것은 반드시 그 사람이 굳세고 또 오로지 집중하기 때문이다.

　내 친구 이명숙 군이 그 시문과 잡고를 모아 『영처집』이라고 이름 지었다. 대개 갓난아이와 처녀로 스스로를 대우한 것이다. 명숙은 진작부터 문학으로 세상에 이름이 나서, 그 글에 드러난 것이 마치 옥을 상자에서 꺼내고 칼이 칼집에서 나온 것만 같아, 한때의 큰 선비와 거장 들이 그 아름다움을 부러워하고 그 날카로움을 피하지 않음이 없었다. 명숙이 설령 갓난아이와 처녀로 스스로를 대우하더라도 남들이 누가 이를 믿겠는가. 그러나 어린아이는 기운이 굳세고, 처녀는 정신이 전일專─하다. 사나운 범도 두려워하지 않고, 흰 칼날도 무서워하지 않는다. 즐거이 웃고 슬퍼하며 우는 것이 오직 그 마음에서 우러나오는 그대로다. 이것이야말로 천하에 지극히 굳센 것이 아니겠는가? 안으로 온축하여도 미혹되지 않고, 밖으로 기름져도 새지 않는다. 시동尸童처럼 지내고 재계齋戒하듯 잠자는 것이 오직 그 스스로 이것을 기르는 것이니, 이

어찌 천하에 지극히 전일한 것이 아니겠는가? 그런 까 닭에 어린아이는 쥐는 것이 굳세어 건장한 사내도 이 를 두려워하고, 어여쁜 처녀는 정숙하게 처하여 도가 道家에서 스승으로 삼는다.

이제 명숙은 모습이 옷을 견디지 못할듯 여위었지 만 기운은 만 명의 사내보다 웅장하다. 발이 뜨락과 대문을 나서지 않지만 정신은 온갖 사물과 호응한다. 침잠하여 익히고 즐기면서 펴서 글로 지으니, 제재 가 드넓으면서도 화려함을 깎아내었고, 법이 예스럽 되 진부한 것을 제거하였으며, 뜻이 오묘하면서도 헛 것을 물리쳐서 정채로운 데 이르렀다. 굳세고 또 오로 지한 자가 아니라면 능히 이와 같을 수 있겠는가? 명 숙은 참으로 갓난아이나 처녀와 같다 하겠다. 그러나 내가 명숙에게 기대하는 것은 이에 머물지 않는다. 배 움을 독실하게 하여 도를 높이고, 힘써 행하여 사업을 확장하며, 말로 그 덕을 실천하고, 글로 그 재주를 보 태어 우뚝하게 한 시대의 어른이 된다면, 갓난아이와 처녀를 어찌 족히 일컫겠는가?

병술년(1766, 영조 42) 2월 19일 조태상산리朝太常

散吏 성대중 사집土執은 서문을 쓴다.

生於其心, 發於其言, 擇於其言, 著於其文. 故文者言之
精者也, 詩又精乎文者也. 然文不可以遽精也. 取材乎博,
求法乎古, 造意乎妙. 旣博矣而約之, 旣古矣而變之, 旣
妙矣而發揚之. 三者備則言精矣. 然非氣剛而神專者, 不
足以持之. 剛斯直, 直斯大, 大則道尊矣. 專斯聚, 聚斯
久, 久則業廣矣. 苟或暴而爲剛, 勞而爲專, 所謂博者必
眩, 古者必泥, 而妙者必鑿. 若是者適足以害其心而已,
安能精其言耶? 故文之精者, 必其人之剛且專者也.
吾友李君明叔, 裒集其詩文雜藁, 名之曰嬰處, 盖以嬰兒
處女自待也. 明叔夙以文學名世, 其見於辭者, 如玉之發
函, 釖之出匣, 一時宏儒巨匠, 莫不艶其彩而避其銳. 明
叔縱以嬰處自待, 人孰信之? 然嬰兒氣之剛也, 處女神
之專也. 猛虎而不懼, 白刃而不懾. 嘻笑悲泣, 惟其心之
所發. 是非天下之至剛者乎? 內蘊而無所惑, 外腴而無所
泄, 尸居齋宿, 惟其自之是養, 是非天下之至專者乎? 故
孩提握固, 而壯夫畏之, 姹女靚處, 而道家師之.
今明叔貌若不勝衣, 而氣雄萬夫, 足不出戶庭, 而神應衆

物．沉潛玩娛，發而爲書，材之博也而剔其華，法之古也
而去其陳，意之妙也而黜其幻，以至乎精，非剛且專者，
能若是乎？明叔其眞嬰處哉．然余之所待於明叔者，不止
此．篤學而道尊，力行而業廣，言以踐其德，文以翼其才，
儼然爲一代之成人，嬰處安足稱哉？
丙戌二月十九日 朝太常散吏 成大中士執序．

　마음속에 일어난 느낌을 말로 한다. 그 말을 간추려
적은 것이 글이다. 글은 말의 정화精華다. 시는 그 정화를
한 번 더 체로 쳐서 걸러낸 것이다. 느낌＞말＞글＞시의 단
계가 되니, 시는 처음 추상적인 느낌으로부터 세 단계 떨
어진 지극히 압축되고 정제된 언어다. 말이 글로 되려면
무엇이 필요한가? 널리 취재取材하고, 옛날에서 법도를 구
하며, 미묘한 데서 의미를 구성하는 과정이 있어야 한다.
무작정 넓게 확장만 하면 안 되고 집약해야 한다. 옛것도
좋지만 오늘에 맞게 통변通變하는 것이 더 중요하다. 미묘
한 것에서 의미를 만들어내되 여기서 활용 가능하도록 발
양시켜야만 한다.
　박博과 고古와 묘妙가 약約과 변變과 발양發揚으로 변

하는 과정에 다시 '기강신전氣剛神專,' 즉 굳센 기운과 전일한 정신이 요구된다. 강剛이 곧음을 통해 커질 때 '도존道尊'의 보람을 거둔다. 전專으로 모아 오래 이어져야 '업광業廣'의 결과를 얻는다. 하지만 '기강신전'은 의욕만으로 되지 않으니 문제다. 억지로 하려 들면 박博은 자칫 현학이 되고, 고古는 모방의 수렁에 빠지게 하며, 묘妙는 궁벽한 데 집착하게 만든다. 그 결과 마음만 해치게 될 뿐이다. 결국 핵심은 어찌해야 작위함 없이 '기강신전'을 유지하느냐다.

이덕무는 이 굳센 기운과 한 가지에 몰입하는 정신을 갓난아이와 처녀에게서 찾겠다고 한다. 그의 문학적 명성은 진작부터 대단했다. 그런 그가 갓난아이와 처녀에게서 배우겠다니 조금 우습기는 하다. 하지만 그가 이들에게 배우고자 하는 것은 갓난아이의 굳셈과 처녀의 전일함이다. 아이는 쥐는 힘이 굳세 한번 쥔 것은 쉽게 놓지 않는다. 갓난아이는 사나운 범이나 잘 벼린 칼날 앞에서도 무서운 줄을 모른다. 처녀는 부끄러움을 머금어 안으로 온축하고 충실을 기하면서도 오히려 남이 알까 염려하여 숨는다. 그러니 그들에게서 '기강신전'을 배워 익히겠다는 이덕무의

나는 나다

자세는 칭찬할 수 있어도 웃을 수는 없다. 이덕무의 글은 어떤가? 제재가 폭넓지만 화려함은 거부한다. 법도는 예스러워도 진부함에 떨어지지 않았다. 뜻이 오묘한데도 헛것에 빠지는 법이 없다. 그는 갓난아이와 처녀를 잘 배운 사람이다.

성대중은 이덕무가 세상을 뜬 후 그의 시문집인 『아정유고雅亭遺稿』에도 발문을 썼다. 이 글에서 성대중은 "펼쳐 시문을 지음에 껄끄러울망정 제멋대로 쓰지 않았고, 메마를지언정 기름지지 않았다. 편벽함에 가까워도 얕지 않았다. 지혜로운 마음과 폭넓은 식견으로 홀로 깊은 깨달음을 얻으니, 다른 사람이 미치지 못한다"고 칭찬했다.

시와 사람이 같아야

성대중은 시문에서 재주 소리를 가지고 튀고 보려는 가벼움을 극도로 혐오했다. 온유돈후한 공부의 바탕 위에서 은은히 울림을 주는 묵직함을 선호했다. 시가 이런 무게와 울림을 지니려면 시인의 인격이 뒷받침되지 않으면 안 된다. 시는 내면의 언어이니 사람과 말이 따로 놀 수가 없다. 그는 공연히 궁벽한 말을 지어 사람을 놀라게 하는 자극적인 언어를 가장 싫어했다. 읽어서 사람의 마음을 편안하게 하고 조화로운 기운을 길러주는 시라야 훌륭하다고 보았다.

송나라 때 고사 임포林逋의 시집에 쓴 「임화정시집서林和靖詩集序」에도 그 같은 생각이 드러난다.

나는 송나라 사람의 시 중에 화정和靖 임포의 시를 가장 아낀다. 시가 묘한 것만 두고 하는 말이 아니라 그 사람의 고결함을 중히 여겨서이다. 하지만 그의 시는 간결하면서도 호방하고, 해맑으면서도 아득히 멀다. 도연명陶淵明과 유종원의 우뚝함을 답습하면서도 군더더기는 버렸다. 위응물韋應物과 맹호연孟浩然의 신운神韻을 받아들였지만 그들의 기름진 것은 배제했다. 그 시를 살펴보면 또한 그 사람을 알기에 충분하다.

余於宋人詩, 酷愛和靖. 非徒爲其詩之妙, 盖重其人之高

나는 나다

潔也. 然其詩簡而放, 澹而遠. 襲陶柳之標格而捨其宂,
斂韋孟之神韻而削其腴. 覽其詩, 亦足以知其人也.

간방담원簡放澹遠을 시의 미덕으로 꼽았다. 간簡은 군
더더기 없는 간결함 또는 간소함이다. 방放은 그러면서도
잗달지 않고 툭 터졌다는 뜻이다. 담澹은 담박해서 꾸밈이
적은 모습이다. 원遠은 손에 꼭 잡히지 않는 고원한 뜻이
담겼다는 의미다. 간소하면 움츠러들기 쉽고, 담박하면 아
득하기가 어렵다. 하지만 그 인격의 고결함이 이 둘의 공
존을 가능하게 했다. 도연명과 유종원의 격조를 배웠지만
그들의 시에 이따금 드러나는 군더더기는 용납하지 않았
다. 위응물과 맹호연이 자연을 통해 배운 신운을 고스란히
가져왔지만, 때로 그들의 시에서 지적되는 기름기는 쪽 뺐
다. 시와 사람이 완벽하게 일치하는 경우에 해당한다.
　「의민대사시집서毅旻大師詩集序」에서 내연산內延山의
고승 의민대사의 시를 평하면서도 비슷한 취지의 언급을
남겼다.　.

　스님은 진실로 시를 좋아해서 흥이 이르면 문득 읊

조려, 100편도 손 가는 대로 술술 지었다. 하지만 질박함으로 쉽게 짓곤 했으므로 말을 꾸미는 자가 흔히 이 점을 흠잡곤 한다. 내가 볼 때 스님의 시는 진실로 질박하다. 하지만 실린 기운이 두텁고 제재를 취한 것이 드넓어, 저들 춥고 쪼들리면서도 발라 꾸미는 자들과는 아득히 다르다. 쉽게 짓는 것은 쌓아둔 것이 또한 풍부하기 때문이다. 이것으로 스님을 힐뜯을 것이 못 된다. 그 사람됨을 보니 규모가 크고 전아하면서도 두터워 옛날의 덕스러운 승려와 비슷하였다. 시가 과연 그 사람과 같다. (중략) 시는 진실로 문장의 한 가지 기예일 뿐이다. 하지만 온갖 체제를 갖추고 있으므로 다만 꾸며 그리는 것만 가지고는 논할 수가 없다. 『논어論語』에서 회사후소繪事後素라 하였다. 그런 까닭에 바탕이 아름다운 뒤라야 재주를 논할 수가 있다. 스님은 타고난 자질이 뛰어나므로 바탕을 먼저 희게 하는데 아무 문제가 없다. 뒤에 그 시를 보는 자가 또한 그 사람을 알기에 충분할 것이다. 그렇다면 스님은 사람이 전하기에 충분한 것이니, 어찌 시를 기다리겠는가?

師顧喜詩, 興到輒詠, 百篇隨手就也. 然以其樸而出之易,
修辭者多訾之. 以吾觀之, 師之詩誠樸矣. 然載氣也厚,
取材也博, 與夫寒儉而塗飾者逈異. 而出之之易, 亦由其
所畜者贍也, 未足爲師訾也. 及見其爲人, 宏碩典厚, 類
古之德僧, 詩果如其人也. (중략) 夫詩固文章之一技, 然
衆體備焉, 未可專以藻繪論也. 語曰繪事後素, 故質美而
後可以論才. 師之質勝, 不害爲後素也. 後之覽其詩者,
亦足識其人也. 然師則人足傳者。豈待詩乎.

　　의민대사의 시는 격률이나 따지고 수사를 가늠하는
기준으로 놓고 보면 질박하다 못해 졸렬해 보이기까지 한
다. 하지만 시에 담긴 기상이 만만치 않고, 다룬 제재가 폭
넓다. 맨날 죽는 소리나 해대면서 꾸밈이나 일삼는 자들이
이러쿵저러쿵할 만한 대상이 아니다. 또 그는 시를 쉽게
쓴다. 읽기도 쉽다. 술술 나오는 시는 그의 내면에 온축된
것이 그만큼 풍부하다는 증거다. 어느 가락을 울려도 거기
에 맞춰 시가 되어 나온다. 수사의 기교만으로는 시를 논
할 수가 없다. 의민대사의 시를 평가하는 그의 최종적 언
술은 '시가 과연 그 사람과 같다'라는 말이다.

성대중은 회사후소를 들고나왔다. 『논어』에 나오는 이 말은, 그림을 그릴 때 채색을 하기에 앞서, 그림 그리는 바탕을 희게 칠하는 일이 먼저라는 말이다. 종이가 아닌 나무판이나 벽에 그림을 그리던 시절의 이야기다. 바탕에 흰 칠을 먼저 해서 채색을 받을 준비가 끝나야 화가의 일이 시작된다. 그러지 않으면 아무리 훌륭한 재간을 지닌 화가도 제 솜씨를 발휘할 방법이 없다. 바탕에 먼저 하는 흰 칠은 시로 치면 수사의 기교가 아닌 내면의 충실에 해당한다. 바탕의 아름다움이 재주의 빼어남에 우선한다. 앞서 "그 시를 살펴보면 또한 그 사람을 알기에 충분하다"라고 한 언급과 맥락이 같다.

문장을 짓는 데도 도리가 있다. 제재를 널리 취해도 이를 씀은 간략하게 하고자 한다. 실답게 뜻을 모아도 이를 베풂은 텅 빈 듯이 하려 한다. 험벽한 데서 수사를 취해오더라도 꾸밈은 평탄한 듯이 하고자 한다. 기이하게 글자를 단련하지만, 앉히는 것은 순순하게 하려고 한다. 옛날에 글 하는 이들은 이 같은 방법을 썼다. 그래서 순박하고 무성하면서도 도에 가까웠다. 말

나는 나다

을 하면 맛이 있었고, 이를 행하여도 더욱 멀리까지 갔다. 후세의 글은 그렇지가 않다. 간략하면서도 드넓은 것 같고, 텅 비었지만 꽉 차 보인다. 평탄해야 마땅할 곳에서 험벽해지고, 순순해야 할 곳에서 기이해진다. 그래서 재료는 빈약하고 뜻은 천박하며, 수사는 난삽하고 글자는 막힌다. 글이 도리를 잃게 되는 것은 이 때문이다.

爲文章有道, 聚材於博, 而用之欲其約. 會意於實, 而施之欲其虛. 取辭於險, 而修之欲其夷, 鍊字於奇, 而安之欲其馴. 古之爲文, 用此道也. 故醇茂而近道, 言之而有味, 行之而逾遠. 後世則不然, 約而如博, 虛而爲實, 當夷而險, 宜馴而奇. 故材儉而意膚, 辭艱而字匱, 文之失其道也以此.

홍원섭洪元燮의 문집 『태호집』에 서문으로 써준 「태호집서太湖集序」의 한 단락이다. 취재는 폭넓게, 뜻은 실답게, 수사는 험벽하게, 글자의 단련은 기이하게 하는 것이 맞다. 하지만 이것이 글에 구현될 때는 간략한 듯, 텅 빈 듯,

평탄한 듯, 순순한 듯 해야만 한다. 그러면 그 글이 '순무醇 茂,' 즉 순수하고도 넉넉해서 도에 가깝고 말에 맛이 깃든 다. 지금 사람들은 꼭 그 반대로 한다. 아는 것도 없으면서 떠벌이기만 하고, 텅 비었으면서 가득 찬 체하며, 아무것 도 아닌데 괜히 비틀고, 쉽게 말할 수 있는 것을 꼬아 말한 다. 그 결과는 내용도 없고 뜻도 천박해지는 것이다. 말은 뻑뻑하고 글자는 난삽해진다.

　살핀 세 편의 글이 취지가 모두 똑같다. 이것을 그의 문학관의 핵심으로 삼아도 무방하다. 널리 보고 간추려 말 한다. 인격과 시격은 같이 가야 옳다. 사람과 시가 따로 놀 면 안 된다. 요란한 빈 수레는 곤란하다. 분을 덕지덕지 바 른 화장술로는 마음을 움직일 수가 없다.

부귀어를 써야지

　이상 살핀 성대중의 시론은 튀지 않지만 힘이 있다. 시만 읽을 때는 좋았는데, 시인을 만나보고 나니 시가 그만 싫어지는 경우가 얼마나 많은가? 시 쓰기가 가슴에서 나오지 않고 손끝의 기교에서 나온다고 생각하는 시인이 그때나 지금이나 참 많다. 명성이 높아도 인격이 따라가지 못하면, 본인이 먼저 슬프고, 독자가 그다음에 슬퍼진다. 그 시는 마침내 버려져 잊히고 만다.

이러한 성대중의 관점은 당대의 천재 시인 이언진과 의 사이에서 부귀어富貴語와 산괴어酸怪語의 논쟁을 불렀 다. 이 논쟁은 성대중의 시관을 잘 드러내 보여준다. 음미 하며 살펴보겠다.

이언진은 당대 혜성과 같이 등장한 천재 시인이었다. 그는 이용휴의 인가를 한 몸에 받았으리만치 시재詩才를 인정받았다. 자루 속에 감춰져 드러나지 않던 그의 송곳 끝이 자루 밖으로 비어져 나온 것은 성대중과 일본으로 함 께 갔던 1763년의 통신사행 때였다. 이언진은 역관의 신 분이었다. 그는 통신사 일행이 시 짓는 자리에 함께 끼지 도 못했다. 하지만 일기도壹岐島 가는 배 위에서 지은 한 수 의 시로 좌중을 단숨에 압도했다. 이후 그는 가는 곳마다 일인들의 절찬을 받았다. 처음 출발할 때는 무명이었는데, 귀국했을 때 그는 샛별이 되어 돌아왔다.

그는 이때 얻은 자신감을 바탕으로 연암 박지원에게 자신의 시고를 보내 평가를 요청했다. 그라면 신분을 떠나 자신에 대해 공정한 평가를 내려주리라 기대했던 듯하다. 박지원의 반응은 뜻밖에 싸늘했다. "남방 녀석들의 잗달은 침이로군. 자질구레해 귀하다 할 것이 없네그려." 박지원의 이 말에 이언진은 격분했다. 그는 "이 자식이 사람의 부아를 돋우는군!" 하더니, 끝내 눈물을 주르륵 흘리며 다시 말했다. "내가 세상에 오래 살아 뭐하랴?" 얼마 뒤에 그는 스물일곱의 나이로 폭사했다.

이언진의 갑작스런 죽음은 당대 시단에 큰 충격파를 던졌다. 우선 악담을 한 박지원은 원래 그런 취지가 아니었음에도 그가 자기 말을 곧이곧대로 받아들여 오해한 점을 안타까워했다. 박지원의 생각은 이랬다. 그의 재주는 실로 놀라운 점이 있다. 하지만 덕보다 재주가 너무 승한 나머지 말끝이 날카롭고 표현이 사람의 눈을 찌른다. 아직 그는 20대의 젊은이이니 재주를 조금 눌러 함양 공부에 힘을 쏟는다면 더 대단한 시를 쓸 수가 있다. 벌써부터 자신의 성취에 스스로 도취해서 남에게 자신을 알아달라고 하는 것은 그런 경박함의 일면을 보여준다. 그의 기세를 일

나는 나다

단 꺾어 더 큰 공부에 마음을 돌리게 할 필요가 있겠다.

하지만 이언진은 역관이라는 신분 때문에 세상이 자신을 공정하게 평가하지 않는다고 생각해서 분을 품었다. 그가 폭사하자 박지원은 안타까웠던 나머지 「우상전虞裳傳」을 지어 전후 사정을 설명하고, 끝에 이렇게 썼다. "우상은 분명히 내가 자기를 좋아하지 않는다고 여긴 것이 틀림없다." 실은 자신이 그를 몹시 아꼈다는 말이다.

이 비슷한 소동은 성대중과의 사이에서도 벌어졌다. 누구보다 이언진에 대해 놀라고 경이의 눈으로 지켜보다 그 죽음을 안타까워했던 이덕무는 『청비록清脾錄』에 다음과 같은 자신이 전해 들은 이야기를 수록했다.

우상이 병이 위독하자 성대중이 물었다. "그대의 병은 산괴어를 지은 데서 연유한 걸세. 왜 부귀어를 짓지 않는가?" 우상이 웃으며 말했다. "나 또한 부귀어가 있습니다. '낯선 땅 산천은 누런 잎 밖이요, 제천諸天의 누각은 흰 구름 속일세初地山川黃葉外, 諸天樓閣白雲中'라 한 것이 그것입니다." 성대중이 말했다. "이 또한 산괴어일 뿐일세. 내가 일본에 들어갔을 때 지은 시에 '의관衣冠은 물에 비쳐 문장이 화려하고, 북과 나발은 바람 맞아 율려律呂가 드날리네'라 했는데, 이것이 참으로 부귀어라 할 수 있지. 자네는 재주가 많은데, 재주란 안으로 온축해야지 밖으로 드날려서는 안 되는 것일세. '재才'라는 글자는 삐침이 안으로 향해 있지 밖으로 향해 있지 않다네." 우상이 말했다. "나무가 쓰임이 있으면 사람들은 베어 갈 생각을 하고, 조개가 구슬을 품으면 뺏어 갈 궁리를 하게 마련이지요. 어찌 겁내겠습니까?" 성대중이 말했다. "이제 자네 눈동자가 빛이 나니 이는 진실로 불사법不死法일세그려." 우상이 웃으며 말했다. "이반룡李攀龍이 죽은 뒤 백여 년에 도둑이 그 무덤을 파헤쳤더니, 눈동자가 빛을 내며 썩지 않았더랍니다. 이 또한 불사법이랍니까?" 그러고 나서는 자신의 「신년新年」 시를 외웠다. 시는 앞에 나온다. 성대중이 말했다. "어린아이가 다시 티를 내는구먼." 그러고 나서 몇 달이 못 되어 죽었다.

虞裳疾劇, 成士執大中間曰: "子病坐作酸怪語耳. 何不作富貴語?" 虞裳笑曰: "吾亦有富貴語. 「初地山川黃葉外,

諸天樓閣白雲中」是也."士執曰:"此亦酸怪語耳. 如吾入
日本時, 有曰:「衣冠照水文章爛, 鼓角臨風律呂飛.」此
眞富貴語耳. 子多才, 才可內蘊, 而不可外揚. 才之爲字,
撇內而不撇外也."虞裳曰:"木有才, 人思伐之; 貝有才,
人思奪之. 豈不可畏?"士執曰:"今子眸子炯然, 此固不
死法也."虞裳笑曰:"李空同死後百餘年, 盜發其塚, 瞳
子炯然不朽. 此亦不死法耶?"仍誦其新年詩. 詩見上. 士
執曰:"小兒復作態矣."不數月死.

묘한 분위기다. 다 죽어가는 사람을 앞에 두고 성대중
은 이언진의 병이 산괴어를 짓느라 고심참담해서 생긴 것
이니, 부귀어를 지어 병을 낫게 할 것을 주문했다. 여기서
말한 산괴어는 식초처럼 톡 쏘는 시고 괴상한 말이다. 연
암은 이를 첨산어尖酸語라고 표현했다. 읽는 이의 폐부를
찌르고 사람 눈을 놀라게 하는 기괴한 표현을 말한다. 여
기에 상대되는 표현인 부귀어는 시사詩思가 온유돈후해서
관후장자寬厚長者의 풍도가 드러난 시다. 성대중이 앞선 글
에서 누누이 말한 시가 바로 그것이다. 이때 부귀어란 말
그대로 부유하고 귀한 말이 아니라, 날카로운 모서리를 뉘

여 온건하면서도 조화를 얻은 표현을 말한 것이다.

이언진의 시는 표현이 기괴하고, 끌어다 쓰는 용사 또한 험벽하기 짝이 없어서, 그저 보아서는 무슨 말인지조차 알기가 어려웠다. 하지만 구절구절에 연원이 있고, 글자를 놓는 짜임새는 삼엄하기 짝이 없었다. 그가 죽음에 임박해 성대중에게 들으라고 읊었다는 「신년」시는 이러하다.

썩은 솜 거친 담요 몸이 점점 건강하니
고요 속에 사려가 어슴프레 펼쳐진다.
아이 따라 죽 먹으니 애초에 절제 없고
약은 처가 조제해도 약방문과 맞는도다.
등불 불꽃 높이 솟아 무지갯빛 지붕 뚫고
솔바람 몰려가자 빗소리 집에 시끄럽네.
8만의 마귀들을 죄 몰아 없앴으니
무위진인無位眞人께서 앉아계신 도량일세.

敗絮麤氈體漸康
靜中思慮闇然章
粥隨兒喫元無節

나는 나다

藥使妻調亦合方

燈焰特長虹貫屋

松颼驟過雨喧廊

天魔八萬驅除盡

無位眞人坐道場

　오기가 느껴진다. 썩은 솜에 거친 담요 덮고 살아도
내 건강은 문제없다. 이 와중에도 나는 곰곰이 시를 짓는
다. 아이들 먹는 죽을 먹고, 아내가 조제해 주는 약을 먹지
만, 내 방의 영롱한 빛은 지붕을 뚫어 무지개로 솟구친다.
쏟아지는 빗소리 같은 시끄러운 충고는 듣지 않겠다. 나는
아무 지위도 없는 무위진인이다. 8만의 마귀가 덤벼도 끄
떡없다. 시의 내용이 이러하니 성대중이 "어린아이가 다시
티를 내는구먼" 하며 혀를 차고 만 것이 마땅하다.
　어쨌거나 당대의 박지원과 성대중 두 사람이 모두 이
언진의 시에 퇴짜를 놓았다. 두 사람 모두 속으로 그를 아
꼈기 때문에 한 말이었다. 상처 입은 짐승 같던 이언진은
그 말을 새겨들을 마음의 여유가 없었다. 그는 자신을 끝
내 외면하는 세상에 다급했고, 평가에 인색한 세상에 깊은

유감을 품었다. 장지완張之琬은「제송목관고후題松穆館稿後」의 끝에서 이 일화를 조금 다르게 인용했다.

　　세상에서 전하기를, 청성 성대중이 의관과 고각으로 시작되는 한 연의 부귀어를 외우자 이언진이 한참을 가만히 바라보다가 이렇게 말했다고 한다. "이 같은 시를 지어 벼슬이 1품에 오르고, 80세를 살며, 집안에 만금을 모은다면 좋기도 하겠습니다." 성대중은 크게 웃었다. 본전本傳에 실려 있지 않은지라 참고로 적는다.

　　世傳, 成青城大中, 誦衣冠鼓角一聯富貴語, 松穆子視良久日: "作如此詩, 官一品, 壽八十, 家萬金, 幸歟?" 青城大笑. 本傳不載, 故附見.

　　크게 웃었다는 것을 보면, 두 사람의 대화 당시까지 이언진이 그렇듯 위중한 상태는 아니었던 모양이다. 성대중이 그의 집에까지 찾아가 병문안을 한 것에서 이미 이언진에 대한 성대중의 인가가 확인된다. 성대중의 부귀어 충

　　　　　　　　　　나는 나다

고를 들은 이언진은 너나 그런 시 지으며 잘 먹고 잘 살라고 맞받아쳤다. 건넨 손을 뿌리친 셈이다.

한 천재 시인에 대한 기득권층의 때려잡기로 읽힐 수도 있는 글이지만, 속내는 정반대다. 박지원도 그랬고 성대중도 그랬다. 재주로 분노를 품기보다, 온축의 공부로 세상을 품으라고 두 사람은 말했다. 하지만 인정에 목말랐던 이언진의 귀에 그 말이 들릴 리 없었다.

튀는 것만 좋아하는 세상에서 지그시 눌러주는 성대중의 온건한 시론은 흔들리는 중심을 가만히 잡아준다. 재주를 믿고 날뛰지 마라. 학문의 수양으로 재주를 걸러내야 한다. 기교로는 눈만 놀라게 할 뿐 마음을 흔들지 못한다. 오래 깊숙이 울림을 남기는 시를 쓰려면, 사람이 먼저 되어야 한다. 시와 사람이 따로 노는 것이야말로 재앙이다. 저 혼자 온 세상 고민 다 짊어진 것처럼 끙끙대고, 세상을 향해 이유 없이 이빨을 드러내 물어뜯는 버릇을 시인의 특권으로 여기면 피차에 민망하다. 시로 징징대지 마라.

4장

나는 투식을 거부한다

이언진(李彦瑱, 1740~1766)의
「호동거실衚衕居室」

押物判事前
漢學主簿從
六品李彦瑱
字虞裳號雲
裏或雲我或
誕登子雞林
人庚申生二
十五

미야세 류몬이 그린 이언진 초상

벽을 걸을 수 있는가

이언진은 혜성처럼 나타났다가 유성처럼 사라진 천재다. 신분은 한어 역관이었다. 중국을 두 번 다녀왔고, 일본은 한 번 다녀왔다. 두 차례 중국행에 관해서는 남은 행적이 전혀 없다. 한 차례 일본행은 그의 시명詩名을 다락같이 높이는 계기가 되었다. 그는 20세 때인 1759년에 역과에 급제했고, 일본에 간 것은 4년 뒤인 1763년이었다.

이언진은 이용휴의 시 제자다. 어떤 사람이 이용휴에게 물었다. "그의 시재는 어떻습니까?" 이용휴가 손바닥으로 벽을 문지르며 말했다. "자네, 이 벽을 걸어서 건널 수 있는가? 그는 이 벽과 같네." 이용휴는 이언진의 문집에 써준 서문에서 또 이렇게 적었다. "그는 세상에 알려짐을 구하지 않았다. 알 만한 사람이 없었기 때문이다. 남을 이길 마음도 없었다. 족히 이길 만한 사람이 없었기 때문이다." 남을 인정하는 데 인색하기로 유명한 이용휴가 자신보다 32살이나 어린 이언진을 이렇게 고평했다.

이언진의 자는 우상虞裳, 호는 송목관松穆館이다. 이 밖에 해탕蟹湯, 창기滄起, 운아雲我 등의 호를 썼다. 본관은 강양江陽이고, 상조湘藻라는 이름도 썼다. 그는 전혀 듣도 보도 못한 참신한 시풍으로 무장한 채 돌연 나타나 당대 문단을 놀라게 했다.「화상자제畫像自題」, 즉 자기 화상에 자신이 붙인 글에서 그는 이렇게 썼다. "정승 나부랭이나 하고, 장원 나부랭이나 하면 사람들은 영예롭게 여긴다. 쯧쯧! 어떻게 생겨먹은 궁한 유생이 감히 천고의 문형文衡을 잡으려는 게냐?政丞若干, 壯元若干, 人以爲榮. 呸! 何物窮儒, 乃敢秉千古文衡" 스스로에 대한 자부가 이렇게 시퍼렸다.

불 속에서 건진 원고

역관은 천한 신분이라, 시작詩作 능력으로 엄선한 쟁쟁한 통신사 사행단 속에서 자기 존재감을 드러낼 처지가 애초에 못 되었다. 하지만 그는 주머니 속의 송곳 끝이었다. 동래를 떠난 사행단은 불순한 날씨 때문에 일기도에서 여러 날 발이 묶였다. 무료했던 일행은 마침 큰바람이 불

나는 나다

자 정사 조엄을 비롯한 삼사三使가 돌아가며 시 짓기 시합을 하거나 운자를 뽑아 장편시 짓기를 경쟁하며 시간을 보냈다.

역관 신분인 이언진이 이 자리에 끼지 못한 것은 당연했다. 이언진은 말 없이 있다가 며칠 뒤 48운 96구의 장시「해람편海覽篇」과 「장단구長短句 병서幷序」 등 자신이 지은 고시 2편을 좌중이 모인 자리에 슬며시 꺼내놓고 평을 청했다. 처음에는 다들 원 맹랑한 사람도 다 보겠다는 눈빛으로 보았다. 대수롭지 않게 펼쳐든 손과 눈이 조금씩 놀라더니 모두들 비로소 그의 시재에 화들짝 놀랐다. 남옥南玉은 "문사가 드넓고 찬연해 참으로 당세의 기재淹博藻燦, 眞當世奇才"라며 진흙 속의 연꽃에다 그를 비겼다. 원중거元重擧는 "지극히 기이하고 휘황하다弔詭炫煌"는 평을 남겼다.

이 일로 그는 사행단에서 자신의 존재감을 확실하게 각인시켰다. 「해람편」은 매 구절마다 일본의 진기한 풍물을 해박한 전거를 동원해 노래한 작품이다. 즉흥일 수 없고 출국 전에 이미 작심하고 준비해온 작품이었을 것이다. 정작 놀랄 일은 그다음에 벌어졌다. 일본인들이 가는 곳마다 일개 역관에 불과한 이언진을 운아 선생雲我先生, 운아 선생 하면서 둘도 없는 국사國士로 대접했다. 아무리 어려운 제목과 억센 운자로 궁지에 몰려 해도 그는 미리 구상이라도 해둔 듯이 줄줄 써 내려가 그들을 경악시켰다. 일본의 여러 문사와 나눈 필담도 전해진다. 이언진은 다른 사행원들의 경직된 태도와 달리 격의 없는 자세와 툭 트인 문학 주장으로 그들의 감복을 받아냈다.

통신사행 이전까지는 아무도 그를 몰랐다. 일본을 다녀온 뒤로는 모르는 사람이 없게 되었다. 하지만 이 여정에서 가뜩이나 약한 몸에 병이 깊어졌다. 게다가 일본에서의 득의가 조선의 풍토에서 싸늘하게 외면당하자 분을 못 이겨 병 끝에 폭사했다. 전후 십여 차례 통신사행에서 그의 존재처럼 극적인 경우는 앞에도 없었고 뒤에도 없었다. 그가 세상을 버렸을 때 나이가 고작 27세였다.

박지원은 이언진과 일면식도 없었다. 이언진은 다른 사람에게 부탁해서 자신의 시를 박지원에게 보여주게 하며 말했다. "다른 사람은 몰라도 이 사람만은 나를 알아줄 것이다." 하지만 연암이 그 시를 보더니 잗달아 별 볼일 없다고 냉소했다. 이언진은 이 한마디에 절망했다. 처음에는 이런 미친놈이 있느냐며 펄펄 뛰다가 나중에는 이렇게 탄

식했다. "내가 세상에 오래 살아 뭐하랴?" 그러고는 굵은 눈물을 뚝뚝 흘렸다.

얼마 후 그가 갑작스레 세상을 뜨자 연암은 자신이 매정스레 말했던 일이 민망하고 미안했다. 그래서 「우상전」을 지어 그의 넋을 위로했다. 그 글에서 연암은 "내가 속으로는 유독 그의 재주를 아꼈다. 하지만 일부러 그를 꺾었던 것은 그의 나이가 아직 젊어 힘써 도에 나아가면 저서를 세상에 남길 수 있다고 생각했기 때문이다. 하지만 이제 와 생각해보니, 우상은 분명히 내가 자기를 좋아하지 않는다고 여긴 것이 틀림없다." 사실은 그를 아껴서 더 분발하게 하려고 한 말인데 그가 속뜻을 몰라 그렇게 되었노라는 변명이다.

이언진은 죽기 직전 자신이 평생 쓴 원고를 아궁이에 던져 넣었다. 자신의 존재 자체를 지우려 한 것이다. 이걸 보면 그가 죽을 때까지 남의 인정에 목말라했음을 알 수 있다. 그의 아내가 불타는 원고를 다급하게 꺼내 겨우 일부가 살아남았다. 그래서 그의 문집은 제목도 『송목관신여고松穆館燼餘稿』다. 신여고란 불타다 남은 원고라는 뜻이다.

그가 갑자기 세상을 뜨자 문단은 일대 충격에 빠졌다.

이서구李書九는 조선의 이장길李長吉이 죽었다면서 살아 그를 못 만난 일을 깊이 자책했다. 이장길은 역시 27세로 요절한 당나라 때 천재 시인 이하李賀를 가리킨다. 이덕무는 자신의 시화집인 『청비록』과 『이목구심서耳目口心書』에서 그의 작품 세계를 아주 길게 소개했다. 또 이렇게 썼다. "우상의 시는 서권기書卷氣가 솟구친다. 두루 갖추고도 넘치지 않고, 기이하면서도 편벽됨이 없다. 초월하여 깨달았지만 허망하지 않고, 절제하면서도 위축되지 않는다. 요컨대 우리 동방에 보기 드문 사람이다虞裳之詩, 書卷之氣上升. 該治而不濫, 幽奇而不僻, 超悟而不空, 裁制而不短, 要之東方, 罕此人也."

이언진은 당대 대가들의 인정에 갈급했지만 끝내 좌절하여 절망한 채 요절했다. 그는 천재였다. 기존의 문학 규율에 얽매이지 않았다. 파격적 시상과 대담한 시어, 기존의 시 문법을 일거에 무너뜨리는 실험까지 거리낌이 없었다.

90   나는 나다

정문일침 촌철살인

이언진은 그의 문학 관점을 직접 드러내는 산문적 언술을 남기지 않았다. 그의 대표작이자 문제작 「호동거실衚衕居室」은 간본으로는 157수의 연작이다. 그러나 최근 연구에서 필사본과의 대조를 통해 원작의 편수가 170수로 늘어났다. 작품 제목 또한 간행본의 「동호거실」이 아닌 「호동거실」임이 여러 종류의 필사본에서 확인되었다. 호동衚衕은 후통으로 읽는, 지금도 중국에서 일상으로 쓰는 뒷골목 또는 거리를 나타내는 단위의 이름이다. 이것을 간본에서 동호로 바꾼 것이 어떤 의도가 있는지 단순한 실수인지는 이제 와서 알기 어렵다.

시는 전통적 형식의 5언도 7언도 아닌 6언체 한시다. 형식 자체가 도발적일뿐더러 내용은 파격 그 자체다. 중간에 불쑥불쑥 자신의 문학적 입장을 드러냈다. 그의 시론과 문학 인식을 엿보기에 부족함이 없다. 그중 몇 수를 추려 읽겠다.

먼저 제2수다.

우상이라 하고 해탕이라고도 하니
나는 나를 벗 삼을 뿐 남 벗 삼지 않는다.
시인 중엔 이백과 성씨가 같고
화가로는 왕유의 후신이라네.

一虞裳一蟹湯

我友我不友人

詞客供奉同姓

畵師摩詰後身

　　우상은 이언진의 자이고 해탕은 그의 별호다. 한번은
우상이라 하고 한번은 해탕이라 하며 우상이 해탕을 벗 삼
아 한 세상을 건너갈 뿐 그 밖의 다른 사람과는 놀지 않는
다고 한다. 이름이 모두 이상하다. 해탕은 '허탕'처럼 들린
다. 까닭이 있는 이름일 텐데 설명이 없어 알기 어렵다. 그
러고 나서 내가 벗 삼는 '나'를 설명했다. 이백과 동성이
요, 왕유王維의 후신이라 함은 이백의 시정詩情과 왕유의
화의畵意를 한데 지닌 혼이라는 뜻이다.

'아우아我友我'는 혼자 논다는 의미다. 남이 나랑 놀아주지 않아서 혼자 놀기도 하지만 그들과 어울릴 생각이 아예 없어 혼자 놀기도 한다. 이백의 천재성과 왕유의 예술혼을 한데 합친 것이 자기 자신이라고 한 것을 보면 자부가 대단하다. 어쩌면 그는 그림에 남다른 취미가 있었던 모양이다. 이 또한 실물로 남은 것이 없어 알기 어렵다.

제54수.

시는 투식에 안 빠지고 그림은 격식을 안 따르니
뻔한 틀을 뒤엎고 가던 길을 벗어났네.
앞선 성인 가던 곳은 얼씬도 하지 않고
뒤에 올 참 성인이 되려 하노라.

詩不套畫不格
翻窠臼脫蹊徑
不行前聖行處
方做後來眞聖

한 번 더 시와 그림을 나란히 놓았다. 투식과 격식을

거부한다. 실로 이 말이 이언진 시론의 금과옥조金科玉條
다. 투식은 상투적으로 그래야 한다고 여겨오던 기준선이
다. 그 투식을 따르지 않겠다는 것이다. 격식은 그것을 벗
어나지 않아야 격이 깃든다고 믿은 마지노선이다. 그것마
저 허문다.

　힘을 가진 문법을 거부하고 허무는 방법은 2구에서
말했다. 과구窠臼는 대장장이가 도가니에 담긴 쇳물을 집
게로 집어 들이붓는 주형틀이다. 틀에 쇳물을 부어 굳히면
틀 모양대로 나온다. 나는 똑같은 모양을 복제해내는 주형
틀을 깨부수겠다. 혜경蹊徑은 지름길이다. 그대로만 가면
빨리 무난하게 목적지에 도달할 수 있다고 알려진 길이다.
안전할 뿐 아니라 성공이 보장된다. 하지만 나는 그런 길
은 안 간다. 그 길을 벗어나 차라리 가시밭길로 가겠다. 나
는 이름난 '전성前聖'이 가던 길은 죽어도 안 간다. 그 뒤꽁
무니는 절대로 따라가지 않는다. 나는 내 길을 가서 '후래
진성後來眞聖,' 즉 뒤에 올 진짜 성인이 되겠다.

　당연하지 않은가. 앞선 성인은 제 길을 걸어가 성인의
기림을 받았다. 그가 자신보다 앞선 누군가를 쫓아갔다면
그는 따라쟁이지 성인일 수 없다. 내가 성인의 기림을 받

으려면 앞선 성인의 길을 버리고 내 길을 가야 한다. 내 목소리를 내서 그 목소리에 감응할 때 나는 진짜 성인이 된다. 문단의 대가들 뒤꽁무니나 핥고 흉내 내서는 그보다 낮게 써도 나는 이류요, 아류일 뿐이다. 고로 나는 투식을 거부한다. 때문에 나는 격식에서 벗어나겠다. 실로 도발적이고 자랑찬 문학 선언이 아닌가.

제66수.

느닷없이 한 생각 퍼뜩 든 것은
내 눈을 남에게 내맡겼구나.
눈에 정신 있다면 원망했으리
내 눈 찾아 내 몸에 돌려달라고.

猛可裡想起來
我有眼寄在人
眼有神必叫冤
尋我眼還我身

'맹가리猛可裡'는 느닷없이, 불쑥, 난데없이라는 뜻을

지난 백화투의 표현이다. 일종의 낯설게 만들기 전략이다. 가만있는데 불쑥 이런 생각이 들었다. 내 눈이 내 눈이 아니다. 남한테 갖다 맡겨서 남의 눈으로 세상을 보고 있었구나. 내 눈이 내 식으로 세상을 못 보고 남들이 보는 것만 골라 보고 있으니 나는 장님이나 한가지다. 내 눈에게 입이 달렸다면 그는 분하고 원통해서 내게 한마디 했을 것만 같다. "주인님! 남에게 빌려준 제 눈을 도로 찾아와서 제 몸에다 딱 붙여주세요!"

그렇다! 이제껏 나는 투식에 절어 남 보는 대로 보고 남 느끼는 만큼만 느끼는 따라쟁이, 흉내쟁이로 살았다. 내가 보고 내가 느끼고 내가 행동한다고 생각했는데, 문득 나는 없고 내 안에 남만 잔뜩 들어와 있구나. 이를 어이할꼬. 이제라도 안 늦었다. 나는 투식을 버리겠다. 내 안에 슬며시 들어앉아 나를 좌지우지하는 남을 지우겠다. 정형화된 주형틀을 들어 엎겠다. 길에서 벗어나 새 길을 내겠다. 남 따라 보지 않고 나대로 보겠다. 덩달아 가지 않고 나름대로 가겠다. 얼렁뚱땅 편승하지 않고 제대로 하겠다.

다시 제40수.

나는 나다

성격은 똘똘한 채 내버려 두고
언어는 발랄하게 놓아둔다네.
모두들 옛사람의 쥐구멍에만 들고
지금 사람 토끼 길엔 나서질 않네.

性格任爾乖覺
言語任爾靈警
皆入古人鼠穴
不出今人兎徑

'괴각乖覺'은 총명하고 영리하다는 뜻. 사람은 날 때부터 총명한 자질과 구김 없이 발랄한 언어를 지닌다. 이것을 잘 간직해 발양시켜야 제소리를 내고 제 빛깔을 입힐 수 있다. 사람들은 반대로 한다. 영특한 제 성격은 감추고, 생기 넘치는 제 언어는 덮어버린다. 공연히 옛사람이 파둔 쥐구멍이나 기웃거리며 그 안에 몸을 숨겨 편승해 묻어간다. 깡충깡충 뛰면서 온 초원을 제 집 삼아 팔랑거리는 토끼의 생기를 버리고 밤중에 틈을 엿보아 훔칠 궁리나 하는 쥐구멍에 못 들어가 안달들이다. 나는 깡충깡충 뛰겠다.

팔랑팔랑 살겠다. 음습한 쥐구멍 근처에는 얼씬도 하지 않겠다.

제88수.

밤 지나면 밥은 금세 쉬어버리고
해 넘기면 옷은 문득 낡아진다네.
글 쓰는 이 닳고 닳은 익숙한 말투
한당漢唐 이래 어이해 썩지 않으리.

食經夜便嫌敗

衣經歲便嫌古

文士家爛口氣

漢唐來那不腐

문필진한, 시필성당은 옛사람들이 입만 열면 하던 소리다. 시를 쓰려면 이백, 두보가 놀던 성당 시기를 표준으로 삼아야 한다. 문장은 사마천과 반고의 진한을 본받지 않으면 안 된다. 귀에 못이 박이게 들었던 소리다. 나는 홀로 의심한다. 어제 한 밥에서는 하루를 못 넘겨 쉰내가 나

나는 나다

고, 새로 지은 옷도 한 해만 입으면 낡아 꾀죄죄해진다. 그런데 한나라와 당나라 때가 대체 언제 적 이야기인가? 천년도 더 된 그때를 그대로 흉내 내서 진부해지지 않을 도리가 있는가? 나는 문인들의 고리삭은 입냄새는 더 이상 맡지 않겠다. 기껏 배워 진부하고 너절한 구취를 풍기느니 차라리 생쌀을 씹고 알몸으로 다니겠다.

한 수만 더 읽는다. 제106수.

신의神醫는 침 하나로 사람 살리고
용장勇將은 단도로도 사람 죽이네.
진실한 뜻 반게半偈에 달려 있나니
일만 석가 한마디도 뻥끗 못하리.

神醫活人一鍼
勇將殺人寸鐵
眞實義在半偈
萬釋迦說不出

시의 언어는 정문일침, 촌철살인의 언어다. 침 한 방

을 제대로 꽂으면 꽉 막혔던 혈이 스르르 풀려 기운이 소통된다. 오래 얹혀 소화를 못 시키던 사람이 긴 트림을 하며 체증이 내려간다. 사람을 죽이는 데 꼭 청룡언월도나 장팔사모창을 써야 맛이 아니다. 급소 한번 찔리면 악 소리도 못 하고 죽는다. 진실한 뜻은 깨달음의 순간에 터져 나오는 반 토막짜리 짤막한 게송에 있는 것이지 일만 석가가 장광설을 펼쳐놓은 팔만대장경 속에는 없다. 『동의보감東醫寶鑑』을 백날 들추고 있어도 사람은 못 고친다. 진법을 노상 익혀도 실전에는 무용지물이다. 어째서 침으로 혈을 찌르고 단도로 급소를 찌를 생각은 않고 팔만대장경과 『손자병법孫子兵法』만 뒤적거리고 있는가? 시론 공부 열심히 해서 좋은 시 썼다는 말을 나는 여태 들어본 적이 없다.

사물의 행간 읽기

　이제 투식을 거부하는 이언진의 시선이 포착해낸 사물의 행간을 몇 수 살펴본다.

제22수.

참신한 말이 있고 진부한 말이 있고
활법이 있지만 판에 찍은 법도 있네.
일만 산이 참 혈을 품어 감추었건만
살피는 이 신안神眼이 없을 뿐이네.

語有新有陳腐

法有活有印板

萬山包藏眞穴

覘者除是神眼

　　참신한 말이 있고 진부한 표현이 있다. 활법을 얻어야
진부한 말도 새롭고, 인판으로 찍어내면 참신한 표현조차
진부의 나락으로 떨어지고 만다. 저 산속 어딘가에 기막힌
혈 자리가 숨겨져 있다. 하지만 신통한 안목을 갖추지 못
한 지관地官에게는 그게 보이지 않는다. 시는 왜 쓰나? 그
게 그것처럼 보이는 진부함 속에 깃든 새로움을 찾아내고
자 쓴다. 저 첩첩산중 어딘가 딱 한 자리에 엉겨붙은 혈맥

은 겉보기에는 대수롭지 않아 보인다. 콕 집어내는 순간 확 달라진다. 모든 것이 바뀐다.

다시 제37수다.

집안의 닭과 오리 여러 마린데
마른 놈과 살진 놈을 잘도 안다네.
이 마음은 마치도 원숭이 같아
동서로 날뛰어도 내버려 둔다.

家裡雞鴨幾箇
箇箇知其肥瘦
此心如野猴子
任他東跳西走

원숭이처럼 날뛰는 그 마음은 나 몰라라 하면서 집에 기르는 마른 닭과 살진 오리는 하나하나 자세히도 안다. 알아야 할 것 놓아두고 몰라도 될 것만 따져 헤아린다. 인간이 참 어리석다.

제39수.

나는 나다

어린아이 울음소리 참 하늘 음악
피리나 거문고보다 훨씬 낫다네.
낙숫물도 한가로이 듣기 좋으니
베개맡서 한 방울 두 방울 듣네.

小兒啼眞天籟
勝他吹的彈的
簷溜亦愛閑聽
枕頭一滴兩滴

어린아이는 거짓이 없다. 배고프면 울고 젖 주면 웃는
다. 천상의 음악이 감미로워도 저보다 더할 수는 없다. 골
방에서 한가로이 누워 듣는 낙숫물 소리, 그 소리도 참 사
랑스럽다. 똑똑똑똑 명랑하게 떨어지는 그 소리에 들던 잠
이 가물가물 깨다 말다 한다. 이런 풍경을 가만히 헤아리
고 있으면 마음이 청량해진다. 내 시가 어린아이의 옹애옹
애 하는 울음소리거나 한가한 창밖 처마 끝으로 떨어지는
빗방울 소리 같았으면 한다.
　제58수.

솜이불 깔고서 아이는 마주 자고
기름 등 밝혀 아내는 밥상 내온다.
선생은 책 읽기를 멈추지 않고
자를 들어 등나무 책상을 치네.

鋪絮被兒對眠
點油燈妻進飯
先生讀書不休
擧界尺拍藤案

아이는 쿨쿨 자고 나는 책을 읽는다. 날이 어둡자 기
름 등을 밝히더니 아내가 저녁상을 내온다. 나는 배고픈
줄도 모르고, 어두운 것도 깜빡 잊은 채 계속해서 책을 읽
는다. 나도 몰래 흥이 돋아 자를 들어 책상을 치며 장단을
맞추기도 한다.
　　끝으로 제63수를 읽어본다.

갓난아이 태어나면 문득 우나니
아비와 어미는 걱정이 많네.

닭은 나자 모이 쪼아 젖을 기다리지 않고
소는 나면 걸으니 안아주길 안 기다려.

兒墮地便啼哭
阿爸悶阿婆惱
雞生啄不待乳
犢生走不待抱

그는 갓난아이에게 관심이 많았던 모양이다. 타지墮
地는 낙지落地와 같다. 땅에 떨어진다는 말은 출생의 뜻으
로 썼다. 갓난아이는 태어나자마자 고고성을 터뜨린다. 아
이가 한번 울면 아비는 어디 아픈가 싶어 염려하고, 어미
는 배가 고픈가 싶어 걱정이다. 병아리는 알을 까고 나오
면 바로 모이를 쪼아 어미가 젖 주기를 기다리지 않는다.
송아지는 나면서 대뜸 걸어 어미가 품에 안아줄 필요가 없
다. 사람만은 그렇지가 않아 젖 먹이고 품에 안아 세 해는
길러야 하는 나약한 존재다.
　　그는 이렇게 일상의 소소한 풍경에서 시적 순간을 포
착해내곤 했다. 낙숫물 소리, 어린아이의 울음소리, 책상

맡에서 문득 만나고 깨달은 느낌을 소담한 시의 밥상에 담아냈다. 음풍농월吟風弄月하는 상투적 이미지는 그의 시 속에서 눈을 씻고 찾아봐도 만나볼 수가 없다. 그의 시는 낯설었다. 이미지의 배열은 파괴적이었고 언어의 배치는 파격적이었다. 하지만 사람들이 벌린 입을 미처 다물기도 전에 그는 흔적도 없이 사라져버렸다. 천재다운 등장과 퇴장이었다.

5장

진짜 시와 가짜 시

이덕무(李德懋, 1741~1793)의
「선서재시집서蘚書齋詩集序」외

이덕무 서간(출처: 국립중앙박물관)

해오라기 같은 사람

이덕무, 그는 39살 때 규장각의 초대 검서관檢書官이
되었다. 요즘으로 치면 일종의 정보검색사다. 왕실 학술기
관이었던 규장각의 자료 조사와 문서 교정 및 정리를 담당
했다. 서얼의 신분으로 답답하게 살던 서생이 임금의 인정
을 받았다. 이후 관직에 있는 15년 동안 정조는 그에게 무
려 520차례에 걸쳐 하사품을 내렸다. 그가 세상을 뜨자 정
조는 국가의 돈으로 그의 문집을 간행하게 했다. 아들에게
는 아버지의 벼슬을 그대로 잇게 하는 은전을 내렸다. 이것
만으로도 그가 얼마나 신실한 사람이었는지는 자명하다.

그는 대단히 소심하고 섬세하고 온건했다. 후리후리
한 키에 몸은 가냘팠다. 젊은 시절 지독한 가난으로 어머
니와 누이가 영양실조 끝에 폐병으로 세상을 떴다. 그 와
중에도 손에서 책을 놓지 않았다. 그는 세상이 알아주는
책벌레였다. 귀한 책이 있다는 소리를 들으면 빌려와서 베
껴 썼다. 틀림없이 약속을 지켰으므로, 사람들이 책을 기
꺼이 내주었다. 심지어 이덕무의 흥미를 끌지 못하는 책은

귀하다 할 것이 없다고까지 말하곤 했다. 그는 추위에 동상이 걸려 손가락 끝이 밤톨만 하게 부어올랐는데도 책을 빌려달라는 편지를 쓰던 사람이었다.

그런 그에게 연암 박지원은 청장靑莊이라는 호를 선사했다. 청장은 해오라기의 별칭이다. 신천옹信天翁으로도 부른다. 이 새는 맑고 깨끗한 물가에 꼼짝 않고 종일 서 있다. 물고기가 멋모르고 앞을 지나가면 문득 생각났다는 듯이 고개를 숙여 잡아먹는다. 먹이가 앞에 절로 이르면 먹고, 없어도 먹이를 찾아 이리저리 기웃대지 않는다. 연암이 준 이 이름은 욕심 없이 담박한 그의 삶에 바친 일종의 헌사였다.

그가 쓴 시화 『청비록』은 진작에 높은 평가를 받아, 중국 사람 이조원李調元이 자신의 백과전서적 편저 『속함해續函海』에 수록했다. 젊은 날 지은 시도 박제가, 유득공柳得恭, 이서구 등과 함께 네 사람의 시를 간추린 『한객건연집韓客巾衍集』이라는 이름으로 중국에서 먼저 출간되었다. 그의 시는 맑고도 깨끗하다. 사람의 마음을 투명하게 해준다. 그의 사람됨도 그랬다. 시와 사람이 조금도 다르지 않다.

나는 나다

진짜 시와 가짜 시

먼저 읽을 이덕무의 글은 「선서재시집서蘇書齋詩集序」
다. 선서재는 이서구의 사촌 동생 이정구李鼎九의 별호다.
이 글은 이덕무의 문집 『청장관전서』에는 빠지고 없다. 다
행히 윤광심尹光心이 당대의 시문을 모아서 엮은 『병세집並
世集』에 수록한 덕분에 살아남았다.

　진짜 기쁨과 진짜 슬픔이 담겨야 살아 있는 진짜 시
다. 어린아이가 갓 태어나면 운다. 울다가 문득 웃는
데 무슨 일이 있는 것도 아니고 이유도 모른다. 이것
이 진짜 시다. 두 살, 세 살 때는 밥이 많으면 웃고, 적
으면 운다. 정에 접촉되어 펴는 것이 반드시 까닭이
있다. 이것은 진짜에 가까운 시다. 다 크면 귀인에게
는 아양을 떨어 미쁨을 받으려 애쓰고, 별 친하지도
않은 친구를 조문 가서도 슬픔을 꾸민다. 이것은 가짜
시다.
　천하에는 슬픔과 기쁨이 없는 사람은 없다. 그럴진

대 시를 짓지 못할 사람이 없건만, 사람들이 시를 잘 짓지 못하는 것은 어째서인가? 이는 부형과 스승이 도리로 인도하지 않기 때문이다. 어린아이에게 어찌 가짜 시가 있겠는가? 마음으로는 깨달아 알아도 입으로 표현할 수는 없고, 손으로는 쓰지만 마음이 또 능히 스스로 알 수가 없다. 그러면 부형과 스승에게 물어서 질정을 구한다. 부형과 스승은 그 자제가 옛사람과 비슷하지 않게 될까 걱정만 하지, 억지로 옛사람을 본받아도 옛사람이 되지 못한다는 점은 알지 못한다. 이렇다 보니, 진짜 옛사람에 대해 잘 알지 못하는 자가 그 빼어나고 우뚝한 것을 억눌러서 "이것은 지금이지 옛날이 아니야!"라고 말한다. 진부한 것을 단련하도록 부추겨서, "이것이야말로 옛날이니, 지금이 아니다"라고 말한다. 이렇게 해야 부귀하고 현달해진다고 꾀고, 이렇게 하면 가난해지고 비루먹게 된다고 겁을 주어, 끌어다가 과거 시험 보는 글에 연결 지어버린다. 그러면 자제들은 억누름을 매 맞는 것처럼 두려워하고 부추김을 떡과 엿처럼 좋아하게 되어, 날마다 거짓을 향해 달려간다. 그 결과 시가 애초에 슬픔, 기쁨과는 아

나는 나다

무 상관이 없게 되고 만다.

여기 어떤 사람이 있다고 치자. 두보가 기침을 하면
그 사람도 기침을 하고, 두보가 신음을 하면 그 사람
도 덩달아 신음을 한다. 두보가 배회하면 그도 배회한
다. 두보가 비록 너그럽게 용서해도 그는 반드시 성을
내며 망령된 남자로 여긴다. 목소리와 기거에 모양과
모습을 그대로 본뜨는 것이 오히려 이와 같다. 하물며
그 시가 진짜 기쁨, 진짜 슬픔에서 나온 것임에랴. 두
보가 추흥秋興을 말하면 그도 추흥이라 하고, 두보가
늙은 잣나무를 노래하면 그 또한 늙은 잣나무를 노래
한다. 두보가 기주夔州와 무협巫峽을 말하면 그도 기주
와 무협을 얘기한다. 두보는 더 높아지지 않는 대신,
그 사람은 비루해지고 시는 가짜가 된다.

이군李君 잠부潛夫는 나이 11~12살 때 그 사촌 형
인 낙서洛瑞와 함께 나를 따라 글공부를 했다. 그는 이
따금 시의 도리에 대해 묻곤 하였다. 잠부는 어려서
부모를 잃어 그 얼굴조차 알지 못한다. 큰아버지의 손
에 자라다가 이제 16~17세가 되어 큰아버지마저 잃
었다. 날마다 더욱 부모와 큰아버지를 그리워하여 참

슬픔을 막을 수가 없었다. 어쩔 수 없이 시로 이를 풀어내니, 비가 내려 풀과 나무가 성난 듯 돋아나고, 바람과 기운이 이르러 새와 벌레가 울음소리를 내는 것과 같다. 뉘라서 이를 막고 그치게 하겠는가? 그런 까닭에 그의 시는 근심이 많고 기쁨은 적다. 곰곰이 단단한 옥이 물에 잠겨 있는 듯하고, 이 빠진 고검古劍이 땅에서 나온 것만 같아 목이 메어 차마 끝까지 읽을 수가 없다. 만약 그 시고 매운 것을 나무라 풍성하고 번다함에 힘쓰게 한다면 이는 부모가 다 계시고 형제가 많은 사람의 시일 뿐이다. 누가 별호를 선서재蘇書齋라 쓰는 잠부 이정구의 시라고 말하겠는가?

夫眞喜眞悲, 是生眞詩焉耳. 兒生初啼, 啼而忽笑, 無所事焉, 莫知其然. 此詩之性也. 二歲三歲, 茶飯則笑, 少飯則啼. 觸情而發, 必有其故, 此詩之幾也. 及其壯也, 媚貴人而勉歡, 吊薄交而餙哀, 此詩之僞也.
天下無無悲無喜之人, 則無不可詩之人, 而人多不能詩, 何也? 此父兄師長導也不以其道也. 童子何嘗有僞詩也. 心則悟而口不能宣, 手則寫而心又不能自知, 質之父兄師

나는 나다

長, 而求其定焉. 父兄師長, 直恐其子弟之不似古人, 不知強倣古人, 不足爲古人也. 則是眞不知古人者, 抹其秀峭者, 曰:"此今也, 非古也."批其腐鍊者曰:"此古也, 非今也."誘之以富達, 恐之以貧瘁, 引接之以科擧之文. 子弟於是, 畏其抹如夏楚, 榮其批如餠餌, 日趨于僞, 而詩始不與于悲喜矣.

若有人焉, 杜甫咳, 人亦咳, 杜甫呻, 人亦呻. 杜甫便旋, 人亦便旋. 杜甫雖寬恕, 必怒以爲妄男子, 聲音起居之依模倣象者, 猶如此. 況其詩之生于眞喜眞悲者乎? 杜甫曰秋興, 人亦曰秋興, 杜甫曰老栢, 人亦曰老栢. 杜甫曰虁州巫峽, 人亦曰虁州巫峽, 杜甫不加尊, 而人則野而詩僞矣.

李君潛夫, 年十一二, 與其從兄洛瑞, 從余受口讀, 時時問詩道焉. 蓋潛夫幼喪父母, 不識其顔, 育於伯父, 今十六七, 而又喪其伯父, 則日益慕父母與伯父, 有不可沮遏之眞悲, 不得不以詩泄之. 雨澤下而草樹怒生, 風氣至而禽虫工啼, 孰抑孰止之哉. 故其詩多戚而少歡, 熊熊乎貞玉之沈泉也, 鬱鬱乎古釰之出土也. 咽咽乎不堪竟讀也. 若剌其酸烈, 而朂其豊縟, 是具父母多兄弟者之詩, 孰謂李潛夫名鼎九, 別自號蘇書齋之詩也哉.

시작부터 사뭇 도발적이다. 진짜 기쁨과 진짜 슬픔이 담긴 시가 진짜 시다. 그러면 가짜 기쁨과 가짜 슬픔도 있나? 있다. 꾸며서 지어내는 작위적인 감정, 속에서 우러나지 않은 옛사람의 흉내는 모두 가짜다. 진짜는 어떤가? 갓난아이와 같은 상태가 진짜다. 이유도 없고 논리도 없다. 갓난아이의 울음과 웃음은 진정眞情 그 자체다. 조금의 가식, 잠깐의 거리낌이 없다. 눈치를 보지 않는다. 감정이 시키는 대로 한다. 두세 살 난 아이는 좋아서 웃고 슬퍼서 운다. 까닭이 생긴 점이 갓난아이와 다르다. 그래도 거짓은 없다. 싫고 좋은 내면을 그대로 중계방송한다. 어른이 되면 싫어도 좋은 체하고, 속으로 좋으면서 겉으로 슬픈 척한다. 사람이 성장해서 늙어간다는 것은 진정의 자리에 가식을 채워나가는 과정이다.

참 슬픔과 참 기쁨에 충실하면 참 시가 된다. 어려울게 없다. 그런데도 세상에서 참 시를 찾기가 어렵다. 어째서 그런가? 배우는 방법이 잘못되어서다. 처음 배울 때부터 제 말 하는 법을 안 배우고, 남 말 하는 것만 배운다. 흉내 잘 내는 따라쟁이를 훌륭하다 하고, 흉내를 못 내면 못

나는 나다

났다고 나무란다. 옛사람을 따라 하면 근사하다고 하고, 제소리를 내면 왜 이렇게 하느냐 야단친다. 규격화된 좋은 시만 따라 하느라 저만의 진짜 시를 잃고 말았다. 시는 좋은데 내가 없다. 내가 없으니 좋아도 허깨비 시에 불과하다. 진짜가 아닌데 좋을 수도 있나? 가짜를 하면 떡을 주고, 진짜를 하면 야단을 맞는다. 그래서 진짜 슬픔과 진짜 기쁨은 깊이 감춰두고, 떡이 되고 엿이 되는 가짜 슬픔과 가짜 기쁨을 잘 포장해서 펼쳐 보인다. 어른들이 좋아하고, 세상이 기뻐하니 이보다 큰 보람이 없다. 과거에 급제하려면 진짜 나를 포기하지 않으면 안 된다. 그러는 사이에 진짜 나는 영영 사라지고, 가짜 나만 설쳐댄다. 나중에는 뭐가 진짜고 뭐가 가짜인지조차 분간이 안 된다. 자기 최면, 집단 최면에 걸린 것이다.

두보를 모범으로 삼자! 강령이 정해지면 그대로 따라 한다. 두보가 기침하면 폐병 없이 나도 기침한다. 두보는 아파 신음하지만, 나는 안 아픈데도 끙끙 앓는다. 두보가 때로 관대한 모습을 보여도 내가 아는 두보가 아니니 인정하지 않는다. 뭔가 이상하다. 내가 두보를 흉내 낼수록 나는 점점 가짜가 되고, 시는 거지같이 된다. 시에는 모범이 없다. 모범은 오직 이유 없이 변하는 내 진정뿐이다. 모범을 정해놓고 모범을 따라 하면 모범대로 되지 않고 가짜가 된다. 두보는 제 감정에 충실해서 두보가 되었다. 내가 두보처럼 되려면 내 감정에 충실하는 것이 맞다. 두보처럼 하면 망한다. 똑같이 할수록 더 빨리 망한다.

이정구는 사촌 형 이서구와 함께 어려서부터 내게 배웠다. 그는 고아다. 키워주던 큰아버지마저 돌아가시자 참 슬픔에 잠겨서, 그 슬픔을 참 시로 써냈다. 봄비가 오고 나면 마당에 풀이 마구 돋아난다. 가을바람이 불면 풀벌레 울음이 슬프다. 봄바람에 새들은 비로소 목청이 트인다. 그의 시는 마당에 돋는 풀 같고, 목청 열린 가을벌레, 봄 새의 울음소리와 같다. 근심이 많고 기쁨은 없어 슬프지만, 그 슬픔은 물에 잠긴 옥이요, 땅에 오래 묻혀 녹슨 보검이다. 읽으면 목이 멘다. 그의 슬픔을 나무랄 생각이 조금도 없다. 그는 정말 그답게 시를 쓴다. 슬픈데 기쁨을 가장하거나, 웃음으로 울음을 감추지 않는다. 울고 싶어 울고, 슬퍼서 슬퍼한다. 그의 시는 진짜 시다. 그의 시에 슬픔이 없다면 그것이 오히려 가짜다. 슬픔을 감추려고 가짜를 택하지 않고, 슬픔에 잠겨 슬픔을 노래해 진짜가 되었다.

이 글에서 이덕무는 진짜 시를 정의했다. 진정이 담겨야 진짜 시다. 진짜 슬픔, 진짜 기쁨이 없으면 가짜 시다. 좋은 시를 쓰고 싶은가? 진정에 충실하면 된다. 이덕무는 유득공에게 보낸 짧은 편지에서도 이렇게 말한 적이 있다.

그대의 시와 소완素玩과 선서蘚書 두 사람의 시를 읽어보았소. 옛사람의 시라 하자니 옛사람은 이미 죽어 눈앞에 하나의 옛사람도 보이지 않거늘, 어찌 오늘날에 시를 지어 내게 보여줄 리가 있겠소. 지금 사람이라 하자니, 천하에 가득 찬 것이 모두 지금 사람인데, 어찌 지금 사람이 이렇듯 좋은 시를 토해낼 수가 있으리오. 고古와 금今 두 글자가 가슴속에서 맞싸워 해결할 길이 없구려.

讀足下詩及素玩蘚書二士詩. 以爲古人詩, 古人已死, 眼中不見一古人, 何嘗今日作詩示我. 以爲今人也, 盈天下皆今人也, 焉有今人吐出者箇好詩. 古今二字, 交戰胷中, 無法可解.

유득공과 이서구, 이정구의 시를 읽어보니 참 좋다. 옛사람의 시처럼 좋다고 하자니 옛사람은 다 죽고 없어 안 되겠고, 지금 사람의 시라 하자니 많고 많은 지금 사람 중에 이처럼 좋은 시를 쓰는 사람이 드물어, 이러지도 저러지도 못하겠다는 취지다. 다시 말해 지금 사람 중에 찾기 힘든, 옛사람이 다시 태어나도 짓지 못할 진짜 시라는 얘기다. 옛날과 지금의 분간은 중요하지가 않다. 진짜냐 가짜냐가 중요하다.

한편 이정구를 위해 써준 「선서재시집서」가 끝내 이덕무의 문집에서 누락된 데는 슬픈 속사정이 있다. 연암 박지원도 그를 위해 같은 제목의 서문을 써준 일이 있었다. 연암의 이 글도 『연암집燕巖集』에서는 찾을 수가 없다. 이정구가 훗날 깊은 슬픔을 견디지 못해 한강에 투신해서 자살했기 때문이다. 그는 다 성장한 후 어머니가 핏덩이인 자신을 두고 세상을 떠날 때 남긴 유서를 뒤늦게 보았다. 이후 그는 넋이 나가 실성한 사람처럼 울부짖다가 며칠 뒤에 어머니의 뒤를 따라갔다. 이 일은 연암 그룹 전체에게 엄청난 충격을 주었다. 자세한 사연은 이 글에서 논할 범위를 벗어난다. 어쨌거나 그는 태생이 '슬픔의 시인'이었

나는 나다

다. 그의 슬픔은 감염력이 아주 강했다. 그 감염력을 이덕무는 '진정'이라는 말로 설명했다. 이 글이 이덕무의 문집에서 빠진 것은 그가 비명에 죽었기 때문이다.

이덕무는 문집 속에 『이목구심서』라는 아름다운 아포리즘 모음집을 남겼다. 그 가운데 한 대목을 읽어본다.

진정이 펼쳐 나옴은 고철古鐵이 산 것처럼 못 위로 뛰어오르고, 봄날 죽순이 성난 듯 땅에서 솟는 것과 같다. 정을 가짜로 꾸밈은 매끄러운 돌에 먹물을 바른 것이나, 맑은 물에 기름이 동동 뜬 것과 같다. 칠정七情 중에서도 슬픔이야말로 곧장 터져 나와 속이기가 어렵다. 슬픔이 심해 곡하기에 이르면, 그 지성스러움은 막을 수가 없다. 그런 까닭에 진정한 울음은 뼛속까지 사무치고, 거짓 울음은 터럭 위로 떠다닌다. 온갖 일이 진짜인지 가짜인지는 이를 미루어서 헤아릴 수가 있다.

眞情之發, 如古鐵活躍池, 春筍怒出土. 假情之餙, 如墨塗平滑石, 油泛淸徹水. 七情之中, 哀尤直發難欺者也.

哀之甚至於哭, 則其至誠不可遏. 是故, 眞哭骨中透, 假
哭毛上浮. 萬事之眞假, 可類推也.

바싹 마른 고철을 못에 넣으면 부글부글 끓으며 장닭
처럼 물속을 돌아다닌다. 봄비 맞은 죽순은 하루에도 30센
티미터씩 우쩍우쩍 자란다. 믿을 수가 없을 정도다. 이것
이 진정의 위력이다. 가짜로 꾸민 것은 다르다. 기름 먹은
매끈한 돌 위에 먹물을 바르면 겉돌아 붙지 않는다. 물 위
에 기름 한 방울을 떨어뜨리니 물 위에 동동 떠서 끝까지
따로 논다.

정 가운데 슬픔의 정이야말로 간절해서 뼛속까지 사
무친다. 멀쩡하던 사람도 그 슬픔에 감염되면 눈물을 뚝뚝
흘린다. 가짜 울음은 터럭 위를 스치는 바람같이 스러진
다. 호들갑을 떨어봤자 돌아보면 흔적도 없다. 진짜와 가
짜는 하늘과 땅 차이다. 이런 것은 금세 알 수가 있다. 누구
나 알 수가 있다.

나는 나다

내 시는 내 얼굴, 답습할 수 없다

거짓을 버리고 진짜를 추구하면 남 눈치 볼 일이 사라진다. 눈치를 안 보려면 자신감이 필요하다. 내 가는 길이 옳고, 내 생각이 바르다는 자기확신이 요구된다. 그렇지 않으면 곁에서 하는 한마디에 마음이 흔들리고, 어째서 이모양이냐는 나무람에 기가 꺾이고 만다. 진짜는 단 하나뿐이다. 비슷한 것은 모두 가짜다.

이덕무의 이런 생각은 박제가를 위해 쓴 여러 글에 반복적으로 나온다. 박제가의 『정유각집貞蕤閣集』에 붙인 서문의 뒷부분을 읽어보자.

지난해에 초정이 내게 『초정시집楚亭詩集』의 평선評選을 부탁했는데, 이번에 또다시 평선을 부탁해왔다. 내가 평선을 마치고 나서 먼저 것과 그다음 것을 덮으며 웃고 말했다.

"무슨 평이 앞서는 칭찬해놓고 뒤에 와서 비판했을까?"

재선(박제가의 자)이 말했다.

"이것으로 우의友誼를 살필 수 있겠습니다그려."

재선이 내가 평선한 것을 살피고 나더니 웃으며 말했다.

"무슨 시가 앞서는 예쁘더니, 뒤로 가며 날카로워졌을까요?"

내가 말했다.

"이것으로 시의 도를 볼 수가 있겠군. 내가 말하지 않았던가. 시대마다 제가끔의 시가 있고 사람마다 저마다의 시가 있는 법이라고 말일세. 시는 서로 답습해서는 안 되는 것이라네. 서로 본뜨면 가짜 시가 되고 말지. 자네가 진작에 이를 깨달은 모양일세."

아! 재선이여. 재선이 19년을 사는 동안 재선의 마음을 알 자가 몇 사람이나 될까?

往年旣屬子評選楚亭詩集, 今又再屬評選. 子評選已, 覆全副而笑曰: "是何評, 前褒而後刺也." 在先曰: "是可以攷友誼也." 在先閱評選而笑曰: "是何詩, 前媚而後峭也." 子曰: "是可以見詩道也. 子不云乎? 代各有詩, 人

各有詩. 詩不可相襲, 相襲贋詩也. 在先蓋嘗悟之云." 嗟
在先. 在先之一十九年, 知夫在先心者凡幾人矣.

　선문답 주고받듯 문답이 오간다. 박제가가 작년에『초
정시집』을 들고 와서 이덕무에게 평선을 부탁했다. 해가
바뀌자 그사이에 지은 것에『정유각집』이라는 이름을 붙
여 함께 평선해줄 것을 요청한다. 평선을 마치고 보니 작
년 시집에는 칭찬이 많았고, 이번 것에는 비판이 더 많다.
박제가는 자기를 아끼는 마음에서 나온 우의로 알겠노라
고 대답한다. 박제가가 이덕무의 평선을 주욱 살피고 나더
니 스스로 자신의 시를 평한다. "전에는 예쁘게만 쓰려고
했는데, 뒤로 갈수록 시상이 가파르고 날카로워진 듯합니
다."

　이덕무가 다시 답한다. "자네가 시의 도를 알게 된 것
일세. 시대마다 사람마다 저마다의 시가 있는 법이라네.
한 사람의 시도 작년과 금년이 같을 수가 없는 법. 주저앉
아 타성에 젖는 순간 시는 가짜가 되고 말지. 이것이 좋아
도 저것을 위해 이것을 버리고 떠나야 하네. 생각이 달라
졌는데 시가 그대로라면 명백히 가짜라는 증거인 게지. 자

네가 이 이치를 벌써 깨달은 게로군. 자네의 시를 보고 내 자네의 마음을 이미 읽었다네."

여기서도 이덕무는 가짜 시를 말했다. 이덕무에게 시는 진짜와 가짜의 구분이 있을 뿐이다. 좋은 시와 나쁜 시는 그다음 문제다. 진정이 담긴 진짜 시라면 과도하게 슬퍼도 문제될 것이 없고, 가팔라 날카로워져도 나쁘지 않다. 슬픈데 웃으면서 자기를 위장하거나, 예쁜 데 안주해서 날카로움을 숨기는 가짜 시는 아무리 번드르르해도 용납할 수가 없다.

이덕무는 「논시절구論詩絶句」 연작에서도 박제가의 시를 논했다. 전체 10수 중 제6수와 제7수를 읽어본다.

초정은 슬삽瑟颯하여 문호를 따로 여니
재주 기상 다 온전해 옛날에도 드물다네.
시품詩品을 만약 장차 부처에 견줄진대
동으로 온 으뜸가는 달마존자 그이일세.

楚亭瑟颯別開門
才氣雙全古罕聞

詩品如將諸佛喩

東來第一達摩尊

한 침상에 같이 자도 각자 꿈은 다르듯이

두보 이백 내 아니요, 당나라도 아닌 것을.

나의 시는 내 얼굴과 다름없다 자신하니

의관衣冠을 흉내 내던 곽랑郭郎을 비웃노라.

各夢無干共一牀

人非甫白代非唐

吾詩自信如吾面

依樣衣冠笑郭郎

슬삽瑟颯은 가을바람이 소슬하게 소리를 내며 부는 듯하다는 말이다. 박제가의 시에는 차갑고 서늘한 기운이 감돈다. 여기에 재주와 기상이 온전히 갖춰져서 옛날에서도 달리 짝을 찾기가 어렵다. 여러 부처에 견준다면 으뜸가는 달마존자에게나 비길 수 있을지 모르겠다고 했다.

이어지는 시에서 이덕무는 자신의 시론을 다시 한 번

압축한다. 한 방 한 침상에서 잠을 자도 꾸는 꿈은 저마다 다르다. 나는 두보나 이백이 아니다. 지금은 당나라 적도 아니다. 그러니 내게 어째서 이백과 닮지 않고, 왜 두보를 배우지 않느냐고 말하지 마라. 내 시와 내 얼굴은 다르지 않다. 나는 나고, 그는 그다. 그때는 그때고 지금은 지금이다. 곽랑이 옛사람의 의관을 꾸며 흉내를 내면 사람들이 다 속아 죽은 사람이 되살아난 줄로 알았지만, 흉내일 뿐 진짜는 아니다. 나는 진짜가 되겠다. 따라쟁이, 흉내쟁이는 내가 원하는 바가 아니다. 설사 이백, 두보와 흡사하게 된다 해도 나는 안 한다. 나만이 나요, 나밖에 내가 없다. 나는 '지금 여기'다. 이백과 두보의 '그때 거기'에는 아무 관심이 없다.

다음의 시 제목도 또한 「논시論詩」다.

들쭉날쭉 온갖 사물 가지런히 또 기울어
색깔마다 아롱다롱 해에 노을 비치는 듯.
먹고 입음 같잖아도 원래는 똑같나니
누에 쳐도 밭 가는 집 비웃을 맘 못 먹으리.

難齊萬品整而斜
色色瓏瓏日炙霞
喫著雖殊元一致
蠶家未必哂耕家

　　세상 만물은 같은 것 없이 다 다르다. 얼핏 보면 그게
그것인 듯해도 살펴보면 들쭉날쭉 저마다 같지 않다. 색깔
로 따져도 석양의 노을빛처럼 각기 현란한 빛을 뿜낸다.
사람마다 입맛이 다르고, 입성도 같지 않다. 하지만 세 끼
를 먹고, 계절마다 옷을 바꿔 입는 것은 누구나 한가지다.
누에 치는 집도 있고, 밭 가는 집도 필요하다. 어부는 그물
로 고기를 잡고, 나무꾼은 도끼 들고 나무를 한다. 제 것이
귀하대서 남의 것을 업신여겨 비웃지 못한다. 그는 그고
나는 나다. 나는 이게 좋고 그는 저게 좋다. 나는 누에 치고
그는 김을 맨다. 우리는 저마다 열심히 살아간다. 뭐가 문
제인가? 나는 굳이 누구를 닮으려고 하지 않고, 남을 따라
할 생각도 없다. 저마다 다른 빛깔로 서녘 하늘을 물들여
야 노을이 곱다. 내 누에를 열심히 칠 뿐, 남이 김매는 것을
탓할 생각이 조금도 없다.

어린이와 처녀처럼

이덕무의 젊은 시절 시집의 이름은 『영처고嬰處稿』다. 영嬰은 영아, 즉 갓난아이고, 처處는 처녀다. 그는 자신의 시가 갓난아이의 천진함과 처녀의 진정을 잃지 않았다고 자부했다. 자기 시집에 이덕무가 직접 쓴 「영처고자서嬰處稿自序」를 읽어본다. 글이 길어 앞뒤를 잘라 영처에 대해 설명한 대목만 읽는다.

대저 어린이가 장난치며 노는 것은 애연藹然한 천진 天眞이다. 처녀가 부끄러워 감추는 것은 순연한 진정眞 情이다. 이것이 어찌 억지로 애를 써서 하는 것이겠는 가? 어린이는 4~5세에서 6~7세가 되도록 날마다 놀기 만 한다. 닭의 깃을 머리에 꽂고 파 잎을 나팔처럼 불 면서 벼슬아치 놀이를 한다. 제사 그릇에 제물을 늘어 놓고 법도에 맞춰 돌거나 걸으면서 학교 놀이를 한다. 고함을 치거나 으르렁대며 펄쩍 뛰고, 눈을 부라리 고 손톱을 치켜세워 표범이나 사자 놀이를 한다. 점잖

게 읍하거나 사양하고, 당堂에 오르고 섬돌을 오르면
서 주인과 손님이 접대하는 놀이를 하기도 한다. 조릿
대로 수레를 만들고, 밀랍으로 봉새를 만들며, 바늘로
낚싯바늘을 만들고, 동이를 연못으로 삼기도 한다. 무
릇 귀와 눈에 들어오는 것은 모두 배워 흉내 내지 않
음이 없다. 바야흐로 천연으로 자득自得할 때는 느닷
없이 웃고 훨훨 춤추며, 목이 멘 듯 목청을 돋워 노래
한다. 때로 소리 내며 울다가 갑자기 엉엉 큰 소리로
울어댄다. 아무 까닭 없이 슬퍼하기도 하여 하루에도
백 가지, 천 가지로 변화하는데, 막상 어째서 그리하
는지는 저도 잘 모른다.

처녀는 처음 실띠를 매는 4~5세에서 비녀를 꽂는
15세까지 규방에서 편안히 지내며 예로써 자기 몸가
짐을 지킨다. 음식을 만들거나 바느질하고 길쌈하는
것은 어머니의 방법대로가 아니면 따르지 않는다. 행
동거지와 말하고 웃는 것은 여스승의 가르침이 아니
면 복종하지 않는다. 밤중에는 등촉을 밝히고 다니고,
낮에는 부채를 손에 쥔다. 구름 비단을 뒤편에 드리우
고, 엷은 비단으로 얼굴을 가린다. 엄숙하기가 조정과

같고, 끊기어 아마득한 것은 신선과 다름없다. 부끄러워서 처녀가 시집가는「요도天桃」시나, 처녀가 남자를 유혹하는「사균死麕」같은 시는 차마 읽지 못한다. 유감스러워 탁문군卓文君이나 채문희蔡文姬의 일은 입에 올리지도 않는다. 이모나 고모, 자매 같은 친척이 아니고는 함께 같은 자리에 앉지 않는다. 먼 친척이 먼 곳에서 오면 부모가 명하여 뵙게 해야만 형제를 따라서 마지못해 절을 올리고, 등불을 등지고 얼굴을 벽을 향해 앉아 부끄러움을 이기지 못한다. 이따금 중문 안에서 노닐다가 멀리서 발자국 소리나 기침 소리가 들리면 달아나 깊이 숨기 바쁘다. 아! 어린이와 처녀여. 누가 그렇게 시켰던가? 장난치며 노는 것이 과연 인위로 하는 것인가? 부끄러워 숨는 것이 과연 거짓이었던가?

夫嬰兒之娛弄, 藹然天也. 處女之羞藏, 純然眞也. 茲豈勉強而爲之哉. 嬰兒歲四五及六七, 日以弄爲事. 揷鷄翎, 吹葱葉, 爲官人戲. 排豆列俎, 規旋矩步, 爲學宮戲. 咆吼踴躍, 睜目掀爪, 爲虎子狻猊戲. 從容揖遜, 登堂陟階, 爲賓主接對戲. 篠爲驂, 螘爲鳳, 針爲釣, 盆爲池.
凡耳目所接, 莫不學效焉. 方其天然自得也. 幡然笑, 翩
然舞, 嗚然宛喉而歌時乎. 而俀然啼, 忽然咷, 作無故悲.
變化日百千狀, 莫知其爲而爲也.
處女自始鑿絲, 至于笄, 雍容閨閣, 禮防自持. 饋饌縫織,
非母儀不遵, 行止言笑, 非姆敎不服. 夜燭行晝, 扇擁垂
雲, 羅掩霧縠, 肅穆如朝廷, 絕遠如神仙. 羞不讀夭桃死
麕之詩, 恨不說文君蔡姬之事. 非姨姑姊妹之親, 不與之
坐同筵, 踈親戚自遠方來者, 父母命使之見, 隨兄弟強施
拜, 背燈面壁, 羞不自勝. 有時遊中門內, 遙聞跫咳響,
走深藏, 不自暇. 噫! 嬰兒乎, 處女乎! 孰使之然乎. 其娛
弄果人乎, 其羞藏果假乎.

어린이의 천진과 처녀의 진정이야말로 문학이 추구해
야 할 단 하나의 진실이다. 천진과 진정을 잃은 시는 죽은
시요, 가짜 시다. 우리는 천진과 진정을 포착하여 간직하
려고 시를 쓴다.

이덕무가 이를 포착하는 몇 순간을 엿본다. 「절구絕句」
22수 연작 중 한 수다.

저녁볕 쇠귀를 붉게 비추니
산 보며 푸른 꽃을 뜯어 먹는다.
잎 다 진 나무에 제 등을 긁자
살랑살랑 너울너울 잎이 뒤챈다.

夕照紅牛耳

對山齕碧花

癢摩稀葉樹

聶聶飜婆娑

　　저녁볕이 풀밭에서 풀 뜯던 소의 귀에 걸렸다. 붉은
등 두 개가 반짝 켜진다. 소는 제게 신호를 보낸 석양 걸린
산 쪽을 보며 알았노라 움머 울고는 색깔을 맞추자며 푸른
꽃만 골라 먹는다. 가을볕에 소는 자꾸 등이 가렵다. 잎 몇
개 겨우 남은 나무둥치에 대고 제 등을 비빈다. 조용히 서
있던 나무가 이번에는 제가 가렵다며 깔깔깔 웃다가 그만
그만 사래질을 친다. 붉은 저녁 해가 쇠귀를 툭 치자 푸른
꽃이 엉뚱하게 수난을 당했다. 등이 가려워 나무에 긁으니

나무가 간지럽다고 깔깔댄다. 이런 포착은 얼마나 섬세하고 아름다운가? 세상의 감춰진 맥락이 소의 몸짓 속에서 역력하게 드러난다. 그는 이렇게도 말한다.

세계가 커다란 도화지라면 조화옹은 위대한 화가다. 오구나무 꽃은 차고 요염하면서도 붉다. 누가 은주銀硃와 자석赭石을 산호의 끝에 베풀었더란 말인가? 복사꽃 화판에는 연지 솜의 즙액이 뚝뚝 젖고, 가을 국화의 빛깔은 등황색을 곱게 뿌려놓았다. 눈이 그치자 안개와 이내는 두 겹 세 겹 푸르러 고르게 원근을 갈라놓는다. 쏟아지는 비가 강물 위로 넘치자 수묵을 잔뜩 뿌린 것같이 물들듯 번져 들어 빈틈이 없다. 잠자리의 눈은 석록빛이 은은하고, 나비의 날개는 유금乳金빛으로 무리진다. 생각해보면 하늘 위에 채색의 주관을 맡은 한 성관星官이 있어 풀과 나무, 돌과 쇠의 정기를 거두어 조화옹에게 바쳐 온갖 만물에게 빛깔을 입히는 것은 아닐까? 가을 강 위에 타는 저녁놀은 그림 중에 가장 훌륭하다. 이것은 조화옹의 가장 훌륭한 작품이다.

世界大粉本，造化翁大畫史．烏舅樹冷艷而老紅，誰其設
銀硃赭石珊瑚末耶？桃花瓣臙脂綿，汁滴滴欲漬．秋菊色
藤黃鮮，抹雪晴烟嵐，二靑三靑，勻分遠近．急雨奔江，
滿灑水墨，渲染無罅．蜻蜓眼石綠隱隱，蝶翅暈以乳金．
意者天上有一星官主彩色，收草花石金精英，以供造化翁，
着色萬品耶？秋江夕陽粉本㝡好，此造化翁得意筆也．

하늘에는 인간 세상의 채색을 주관하는 별자리의 정
령이 있다. 그는 하늘 위 제 별에 앉아서 지상 위의 풀, 나
무, 돌과 쇠 중에서 가장 정채로운 빛깔만으로 물감을 만
들어 조화옹에게 바친다. 조화옹이 그 물감으로 세계라는
도화지 위에 채색을 베푼 뒤 입김을 후 불면, 화면 위의 사
물들이 살아나 꿈틀꿈틀 움직이기 시작한다. 얼마나 멋진
상상력인가? 그가 꿈꾼 진정과 조화의 세계다. 이런 대목
은 또 어떤가?

가을날 오건烏巾을 쓰고 흰 겹옷을 입고, 녹침필綠
沈筆을 흔들면서 「해어도海魚圖」를 평하고 있었다. 문
종이로 바른 창이 화안하더니 흰 국화의 기울어진 그

림자를 만들었다. 엷은 먹을 묻혀 기쁘게 모사하였다. 한 쌍의 큰 나비가 향기를 좇아와서는 꽃 가운데 앉는다. 더듬이가 마치 구리줄처럼 또렷하여 헤일 수 있었으므로 꽃 그림에 보태어 그렸다. 또 참새 한 마리가 가지를 잡고 매달리니 더욱 기이하였다. 참새가 놀라 날아갈까 봐 서둘러 그리고는 쟁그렁 붓을 던지며 말했다. "일을 잘 마쳤다. 나비를 얻었는데 참새를 또 얻었구나!"

秋日烏巾白袷, 搖綠沈筆, 評海魚圖. 蠟窓明快白, 菊花作攲斜影. 抹淡墨, 欣然摹寫. 一雙大蝴蝶, 逐香而來, 立花中, 鬚如銅線, 的歷可數. 仍添寫. 又有一雀, 握枝而懸, 尤奇之. 而恐其驚去, 急寫了, 鏗然擲筆曰: "能事畢矣. 旣得蝶復得雀乎!"

오건을 머리에 쓰고, 흰 겹옷을 입었다. 정결하다. 새로 발라 헤살 먹은 문종이가 짱짱하다. 바다 파도 물결 속에 튀어 오르는 물고기 그림을 펼쳐 초록빛 붓을 들고 붓방아를 찧는다.

파도에 눈이 팔린 사이에 방 안의 가을 햇살이 자꾸 멀미를 일으킨다. 같이 놀자는 햇살 따라 고개를 드니 창밖의 국화가 문종이 위에 선명한 그림자를 새겼다. 나는 보던 그림을 저만치 밀쳐두고 먹물의 농도를 엷게 해서 얼른 종이 위의 국화 그림자를 모사한다. 국화를 겨우 다 그리자, '저희도요!' 하고 나비 한 쌍이 날아든다. 붓이 한창 바쁜데, 이번에는 참새가 저도 한 축 끼워달라며 국화 가지에 휘어 감긴다. 그 짧은 순간의 크로키! 세계가 한순간에 한 접점에서 황홀하게 타올랐다. 이덕무! 그는 이런 시인이었다.

나는 나다

6장

시의 맛과 빛깔

박제가(朴齊家, 1750~1805)의
「시선서詩選序」외

라빙이 그린 박제가 초상

샛별처럼 빛나고 반짝였다

시학의 논의가 섬세해져야 시의 맛과 빛깔에 대한 논의가 나온다. 시에도 맛이 있나? 있다. 시에도 빛깔이 있을까? 있다. 시의 맛과 빛깔은 어찌 알아볼까? 박제가의 글을 빌려 이 문제를 생각해보려 한다.

박제가는 시의 맛과 빛깔에 대한 생각이 뚜렷한 시인이었다. 젊은 시절 그는 연암 박지원 그룹의 일원으로 샛별처럼 빛났다. 그는 연암처럼 노회하지 않았고 이덕무처럼 온건하지 않았다. 유득공처럼 무난하거나 이서구처럼 얌전하지도 않았다. 그는 발랄한 데다 다혈질이었다. 수틀리는 꼴은 그저 보지 못하고 들이받았다. 자기주장이 강한만큼 자기확신이 굳셌다. 제 가는 길이 틀리지 않다고 생각했으므로 누가 뭐래도 주눅 들지 않았다. 문체반정 와중에 정조가 반성문 제출을 요구했을 때도 그는 꼬리를 내리지 않고 당당하게 자기 문학 주장을 개진했다. 이덕무가 세상을 뜨기 직전까지 반성문을 미처 못 쓴 일로 전전긍긍했던 것과 사뭇 다르다.

그는 네 차례나 중국 연행 길에 올랐다. 책으로만 접했던 중국의 앞선 문물을 직접 제 눈으로 확인했다. 거기서 그가 만난 중국 지식인의 규모는 앞에도 뒤에도 비슷한 경우를 찾을 수 없으리만치 방대했다. 그들은 허심탄회하게 박제가의 문학을 인정하고 인간을 인가했다. 이들과의 만남을 통해 제대로 된 평가를 받자 자기확신은 더욱 날개를 달았다. 하지만 그 날개를 펴기에는 현실의 제약이 너무 많았다. 무엇보다 그는 서얼 출신이었고, 그의 문학 주장은 임금 정조가 보기에 미덥잖은 구석이 많았다. 『북학의北學議』에서 펼친 과감한 통상 개방책은 시대를 지나치게 앞서간 것이어서 위험하게 비쳤다.

물의 맛을 아는가?

먼저 읽을 글은 「시선서詩選序」다. 무슨 시를 어떻게 뽑았는지는 정작 그 책이 남아 있지 않아 알 수 없다. 시를 음식 맛에 견줘 설명한 많지 않은 글 중 하나다.

시를 가려 뽑을 때는 마땅히 온갖 맛을 두루 갖추어야 한다. 온통 한 가지 특색만 가지고는 안 된다. 가려 뽑는다는 것은 무엇인가? 가려내어 서로 뒤섞이지 않게 하려는 것이다. 온통 한 가지 특색뿐이라면 뽑아놓고 다시 섞는 것이니 애초에 무엇하러 뽑겠는가?

맛이란 무엇인가? 구름, 노을과 수놓은 비단을 보면 알 수 있다. 잠깐 사이에 마음과 눈이 함께 옮겨 가고, 가까운 데서 기이한 자태가 펼쳐진다. 대충 보면 그 정을 얻을 수 없지만, 찬찬히 음미하면 그 맛이 무궁하다. 무릇 사물이 변화하는 과정에서 마음을 움직이고 눈을 기쁘게 하기에 충분한 것은 모두 맛이다. 이것은 다만 입만을 가지고 하는 말이 아니다.

가려 뽑을 때 맛을 어떻게 취할까? 대저 짜고 시고 달고 쓰고 매운 다섯 가지 맛은 혀에서 얻어 얼굴로 전달되므로 속일래야 속일 수가 없다. 이렇지 않다면 맛이 아니다. 맛없는 음식은 먹지 않는다. 시를 가려 뽑는 방법도 이것과 무엇이 다르겠는가?

온갖 맛을 두루 갖추었다는 것은 무슨 말인가? 한

가지 맛만 골라내지 않고 각각 한 가지씩 뽑은 것이다. 신맛은 알면서 단맛을 모르는 것은 맛을 모르는 자다. 달고 신 맛을 저울질하고 짜고 매운 것을 얽어 맞춰 구차하게 이를 채우는 것은 뽑을 줄 모르는 자다. 신 것은 신맛을 지극히 하여 가리고, 단것은 단맛을 지극히 하여 뽑은 뒤라야 맛에 대해 말할 수가 있다.

공자께서는 "먹고 마시지 않는 사람이 없건만 능히 맛을 아는 자는 드물다"고 하셨다. 이로 볼진대, 성인의 마음은 섬세한 까닭에 능히 그 입에서 말로 하지 못하는 오묘함을 얻을 수 있었다. 속인은 온통 다 그만그만한지라 날마다 쓰면서도 알지 못하는 것일 뿐이다. 어떤 이가 물은 도대체 무슨 맛이냐고 물었다. 내가 대답했다. "물은 아무 맛이 없다네. 하지만 목마를 때 마시면 천하에 이보다 훌륭한 맛이 없지. 지금 그대는 목마르지가 않은 모양이군. 그러니 어찌 족히 물의 맛을 알겠는가?"

選之法, 要當百味俱存, 不可泯然一色. 夫選者何? 擇之使不相混也. 泯然一色, 則是選而再混也, 初何選之有哉.

味者何？ 不見夫雲霞與錦繡歟. 頃刻之間, 心目俱遷, 咫
尺之地, 舒慘異態, 泛觀之不足以得其情, 細玩則味無窮
也. 凡物之變化端倪, 有足以動心悅目者, 皆味也. 非獨
在口謂之也.

選奚取乎味？ 夫醎酸甘苦辛五者, 得之於舌, 達乎面目,
其不可欺也如此. 不如是則非味也. 非味之食猶不食, 然
則選之法何異哉？ 百味俱存者何？ 選非一焉. 而又各擧其
一也. 夫知酸而不知甘者, 不知味者也. 秤量甘酸, 閒架
醎辛, 而苟充之者, 不知選者也. 方其酸時, 極酸之味而
擇焉, 其甘也極甘之味而擇焉. 然後可以語於味矣.

子曰："人莫不飲食也, 鮮能知味也." 由此觀之, 聖人心
細, 故能得不言之妙於其口. 俗人泯然一色, 日用而不知
耳. 或曰："水何味焉？" 曰："水儘無味. 然渴飲之, 則天
下之味莫過焉. 今子不渴矣, 奚足以知水之味哉？"

시를 가려 뽑는 방법은 '백미구존百味俱存'에 있다. 온
갖 맛이 다 갖추어져야 마땅하다. 단것을 좋아한다고 단것
만 찾으면 금세 물려 많이 못 먹는다. 매운 음식만 섭취하
면 속을 버린다. 짠 음식은 병을 부른다. 여러 가지 맛이 조

화를 이뤄야 건강에 좋다. 맵고 짠 것을 먹다가 싱거운 음식을 먹으면 그제야 간이 맞는다. 쓴맛과 단맛은 잘 어울린다. 음식 맛은 맵고 짜고 쓰고 달고 신 다섯 가지 맛의 조화에서 나온다. 뷔페식으로 가짓수만 많게 차린 것은 보기만 그럴싸하지 실속이 없다.

맛에 대한 정의가 재미있다. 박제가는 맛을 사물이 변화하는 과정에서 마음을 움직이고 눈을 기쁘게 하기에 충분한 그 무엇이라고 정의했다. 구름, 노을은 잠시도 가만있지 않는다. 온갖 변화가 그 안에 숨어 있다. 수놓은 비단의 화려한 무늬는 볼 때마다 눈과 마음을 빼앗는다. 떠 있나 하고 보면 그저 구름일 뿐이지만, 마음을 얹어서 보면 천지만물의 온갖 형상이 그 속에 다 들어 있다. 맛이란 변화하는 사물과 만나 내 눈과 내 마음 안에서 이루어지는 화학작용 같은 것이다. 혀끝만으로 맛을 말하는 것은 몰취미한 일이다. 공부도 제대로 하면 맛이 있다. 일도 할 맛이 나야 한다. 시도 쓸 맛과 읽을 맛이 나야 마땅하다. 맛없는 시, 맛없는 공부, 맛없는 일은 맛도 멋도 다 없다. 네 맛도 내 멋도 없는 시를 써서 무엇하며, 읽기는 누가 읽겠는가?

맛있는 시를 판별하는 방법이 있을까? 물론 있다. 굳

나는 나다

이 방법을 따질 것도 없이 혀끝이 먼저 알고 얼굴 표정이 덩달아 말한다. 이것은 지극히 자연스러운 과정이라 따지고 말고 할 것이 없다. 젓가락 한번 대보고 다시 먹지 않는 것은 맛없는 음식이다. 슬쩍 보고 다시 거들떠보지 않는 시는 맛없는 시다. 매워도 맛있게 매워야 하고, 써도 달콤하게 써야 한다. 제아무리 신맛을 좋아해도 시어 꼬부라지면 입에 대지 못한다. 음식은 재료에 따라 특성이 있다. 그 특성을 잘 살려내야 제맛이 난다. 김치가 매콤하고 시큰할 수는 있어도 달콤하면 안 된다. 씀바귀는 쓴맛에 먹지만 혀끝에 남는 감칠맛이 없으면 못 먹는다.

그러니까 시는 신맛이라야 한다거나 쓴맛이 제격이라고 우기는 것은 시를 모르고 음식 맛을 모르는 소치다. 그렇다고 이 맛 저 맛 섞어 뒤죽박죽으로 만들면 못 쓴다. 다양한 차림상이라도 저마다 제맛을 내야 한다. 시를 가려 뽑는 일은 섞어찌개를 만드는 것이 아니고, 잡탕 비빔밥을 만드는 것이 아니다. 제맛을 지닌 단품 요리들이 저마다의 입맛에 따라 맞춤하게 미각을 돋워줄 수 있어야 한다. 나는 이런 시가 좋은데, 저런 시도 맛이 괜찮다. 처음에는 입에 쓰더니 나중에는 그것으로 입맛이 돌아온다. 고기가 맛

있어도 김치 한 젓가락이 들어가야 입안의 기름기가 말끔하게 가신다.

지미知味! 맛 알기의 어려움은 공자께서도 이미 토로하신 바 있다. 날마다 먹어도 사람들은 맛을 모른다. 게다가 맛은 일정치가 않다. 물은 목마를 때 마시면 달기 그지없지만, 배부를 때 마시면 아무 맛도 없다. 맛은 항상 숨어 있다. 상황에 따라 맛있기도 하고 맛없기도 하다. 좋은 선집을 읽고 나면, 시장하다가 가뜬하게 한 상을 비워낸 듯 개운한 느낌이 든다. 고기만 잔뜩 차려놓고 많이 먹으라고 권해도 나물과 채소가 없으면 먹을 수가 없다. 값비싼 고급 재료가 중요하지 않다. 맛이 먼저다. 간이 맞아야 한다.

박제가는 시에서 한 가지 취향만을 고집하지 않았다. 그가 고집한 것은 맛있는 시였다. 맛없는 시를 견디지 못했다. 맛은 천차만별이니, 천변만화千變萬化의 맛, 백가쟁명百家爭鳴의 개성을 옹호했다. 그가 가장 경멸한 것은 백가일투百家一套, 천편일률千篇一律이었다.

천성이 다른 것은 신의 잘못이 아닙니다

이번에 읽을 글은 「비옥희음송比屋希音訟」의 서문이다. 국가검열장치의 일종으로 활용한 문체반정의 와중에, 정조는 문체 변질의 장본인으로 연암 박지원을 지목했다. 이때 연암과 함께 박제가, 이덕무 등 그 그룹이 모두 반성문 제출을 요구받았다. 「비옥희음송서」는 이때 박제가가 올린 반성문 아닌 반성문이다. 앞뒤 이야기가 길어 핵심 대목만 짚어 읽겠다.

세상의 떠도는 얘기 중에 혹 신臣의 글이 명나라 때의 습속이라고 헐뜯는 것이 있습니다. 이는 시대에 따라 견해를 낸 것에 불과합니다. 대저 글쟁이의 글에는 시대가 있지만 지사志士의 글에는 시대가 없습니다. 신은 본시 글쟁이로 자처하지 않았고, 지사에는 뜻이 있었습니다. 13경을 날줄 삼고 23사를 씨줄 삼아 서로 얽어 헤아려 으뜸과 근본으로 삼되, 실용에 돌아가기를 힘쓰는 것이 신이 배우려 했던 바입니다. 비록 능히 이르지는 못했으나 마음은 진작부터 여기에 가 있었습니다. 체재로 구별하여 성당盛唐을 으뜸으로 삼고 8대가를 일컬으며 스스로 능하다고 여기는 것은 실로 마음 쏟을 겨를조차 없었습니다. 이후로 잗달은 사람들의 문사를 시끄럽게 떠들거나 연극의 대본을 독실히 믿는 따위는 또 신이 크게 부끄러워하는 바입니다. 지금 사람들 중에는 신의 반 도막 원고조차 본 자가 없는데, 무엇으로 신에 대해 의논하겠습니까? 어찌 예전에 지은 한두 편 응제應製의 글로 합당치 않다고 여기는 것이 아니겠습니까? (중략)

엎드려 내각의 관문에서 부연한 글을 읽어보니, 허물을 고쳐 거듭나야 한다고 하였습니다. 대저 허물은 두 가지입니다. 배움이 지극하지 못함은 진실로 신의 잘못입니다. 하지만 성품이 같지 않음은 신의 허물이 아닙니다. 이를 음식에 비유해보겠습니다. 놓이는 자리로 말한다면, 서직黍稷이 앞자리에 놓이고 국과 포는 뒤에 놓입니다. 맛으로 말한다면, 소금에서 짠맛을 가져오고, 매실에서 신맛을 취하며, 겨자로 매운맛을 가져오고 찻잎에서 쓴맛을 뽑습니다. 이제 짜고 시고 맵고 쓰지 않음을 가지고 소금이나 매실, 겨자와 찻잎을 죄주는 것은 마땅합니다. 그렇지만 반드시 소금과 매실과 겨자와 찻잎의 맛을 나무라 "너는 어찌 서직과 같지 않느냐?"라고 하거나, 국과 포에게 "너는 어째서 앞자리에 있지 않느냐?"라고 한다면, 지적을 당한 것들은 실질을 잃게 되고 천하의 맛은 폐해지고 말 것입니다. 그런 까닭에 아가위나 배, 귤과 유자 같은 과실, 개구리밥과 흰쑥, 붕어마름이나 물풀 같은 음식, 이빨이 날카로운 들짐승이나 깃털 달린 날짐승의 제사 음식도 쓰임에 맞지 않음이 없음은 입에 맞기 때문입니다. 그런 까닭에 선善에는 일정한 스승이 없다고 말하는 것입니다. 전하께서 "하늘을 나는 새나 물에 잠긴 물고기도 그 본성을 저버리지 아니하고, 둥근 장부와 네모진 구멍이 각각 그 쓰임에 알맞다"고 하셨으니, 성군께서 문장을 논하심이 참으로 훌륭하다 하겠습니다.

「이소離騷」는 국풍에서 변한 천하의 지극한 문장입니다. 주나라 왕실이 옮겨 가지 않았다면 「서리黍離」도 「주남周南」과 「소남召南」의 소리가 되었을 것입니다.

삼려대부三閭大夫 굴원屈原이 쫓겨나지 않았더라면 초나라는 군주와 신하가 주고받은 올바른 노래를 계승했을 것입니다. 정치가 바르지 않으니, 한 사람 굴원이 슬픈 가락을 노래했고, 주나라 호경鎬京의 백성이 먼저 탄식하는 노래를 불렀던 것입니다. 이는 성상께서 이루시려는 기미에 마음을 쏟아 천명을 길이 빌어 문치의 바탕으로 삼으려는 것입니다. 대저 문장의 도리란 한가지로 논할 수가 없습니다. 오래 전해지려 한다면 반드시 배움이 깊어야 합니다. 때문에 군자는 독서를 귀하게 여깁니다. 이것이 신 등이 날마다 마음을 쏟아 독서를 그만두지 않는 까닭입니다. 신은 삼가 성상의 말씀에서 취하여 「비옥희음송」한 편을 짓고, 두 번 절하고 머리를 조아려 올리나이다.

世之悠悠之談, 或有訾謷臣文爲明世之習者, 此不過從時代起見耳. 夫詞人之文有時代, 志士之文無時代. 臣固不敢以詞人自命, 而乃若其志則有之. 經之爲十三, 緯之爲廿三, 錯綜擬議, 元元本本, 務歸實用者, 臣之所願學也. 雖未能至, 心嚮往之矣. 至於區別體裁, 宗盛唐而稱八家, 自以爲能者, 實有所未遑焉. 過此以往, 勦說纖人之詞, 篤信戲子之本, 此又臣之所大恥也. 夫今之人, 實無有見臣半藁者, 何從而議臣? 豈以向者一二應製之作, 爲不合歟? 此皆乙覽之所經, 而寶墨昭回, 重於九鼎大呂者也. 然則以此而論臣, 不幾近於魯酒薄而邯鄲圍者歟? 臣謹按前日批旨, 若曰臣等慕千里不同之俗, 鮮有超然聳拔, 非渠罪也者, 聖人推恕之論也. 今日筵教, 若曰可無訟愆之詞者, 春秋責備之旨也. 有以哉! 聖人之言. 引而不發, 有若曲爲臣解者, 臣方銜恩佩榮, 罔敢失墜.

而伏讀閣闊敷衍之辭, 曰:"改過自新." 夫過有二焉. 學之未至, 固臣之過也. 性之不同, 非臣之過也. 譬之飲食, 以位而言, 則黍稷居先, 羹葅居後. 以味而言, 資醎於鹽, 取酸於梅. 進芥之辣, 擢茗之苦. 今以不醎不酸不辣不苦, 罪其鹽梅芥茗則固矣. 必若責其爲鹽爲梅爲芥與茗者曰:"爾曷不類黍稷?" 而謂羹葅者曰:"爾曷不居前云爾?" 則所冒者失實, 而天下之味廢矣. 故楂棃橘柚之包, 蘋繁薀藻之羞, 齒革羽毛之俎, 莫不適用者. 期於口也, 故曰善無常師. 批旨所謂翔潛不拂其性, 鑿柄各適其器者, 大矣哉, 聖人之論文也.

夫離騷變風, 天下之至文也. 周室而不遷, 則黍離爲二南
之音. 三閭而不放, 楚國繼賡載之聲. 非正則一身, 原有
哀腔. 周京百姓, 先帶歡詞也. 此聖上之所以眷眷於作成
之幾, 而以祈天永命, 爲文治之本者也. 夫文章之道, 不
可一槩論也. 要其傳之久者, 必其學之深者也. 是以君子
貴讀書也. 此臣等之所日慥慥而勿替也夫. 臣謹取聖語,
爲比屋希音頌一篇, 再拜稽首而陳之.

'비옥희음比屋希音'의 노래라고 한 제목의 뜻풀이가 먼
저다. 비옥은 '집집마다'라는 뜻이다. '희음'은 '희귀한 소
리'다. 노자는 『도덕경道德經』에서 "지극히 큰 소리는 들을
수가 없다大音希聲"고 했다. 그러니까 '비옥희음'은 집집마
다 들려오는 지극히 큰 소리라는 뜻이다.

배경 이해가 조금 필요하다. 정조는 1792년 11월 6일
에 "나는 요즘 치세의 희음이 듣고 싶다予於近日, 欲聞治世希
音"라고 말했다. 물론 노자의 말에서 취해왔다. 세상의 교
화를 바로잡는 지극히 큰 소리를 들려달라는 얘긴데, 너무
커서 들리지도 않을 그런 우렁우렁한 말을 반성문 대신 들
려 달라는 주문이었다.

나는 나다

박제가의 글은 말이 반성문이지 반성의 태도가 조금
도 없다. 오히려 내가 잘못한 것이 무어냐고 따지고 들었
다. 글의 수신자는 당연히 임금이다. 내각 문신들이 임금의
뜻을 잘못 헤아려 자신에게 해명을 요청했다. 하지만 자신
이 임금의 깊은 뜻을 너무도 잘 아는지라 그들의 잘못을
지적하는 것으로 해명을 대신하겠다는 취지다. 맹랑하다.

앞뒤 이야기는 장황하고 고사故事가 많아 거두절미하
겠다. 위의 인용 대목만 음미하면 이렇다. 그대들은 내 글
을 명나라의 습속에 물든 글로 비난한다. 하지만 글에는
사인詞人, 즉 글쟁이의 글이 있고, 지사志士의 글이 있다. 글
쟁이의 글을 두고는 시대에 따른 풍기를 따질 수 있겠지
만, 지사의 글에는 이런 것이 애초에 없으므로 따져서는
안 된다. 나는 글쟁이가 아니라 지사다. 내 글은 경사經史,
즉 경전과 역사를 씨줄과 날줄로 삼아 실용을 위주로 한
글이다. 그러니 글쟁이의 잣대로 내 글을 가늠하는 것은
부당하다. 예전 임금께 올린 응제문應製文을 가지고 이러
쿵저러쿵하는 모양인데, 이 또한 당시 이미 임금의 분명한
재가를 거친 것이어서 새삼 문제 삼는다는 것은 말도 안
된다.

굳이 따진다면 내 잘못은 두 가지다. 배움이 지극하지 못해 시비를 부른 점이 첫째요, 성품이 그대들의 기호와 다른 점이 둘째다. 첫째 잘못으로 지적한다면 깨끗이 수긍하겠지만, 기호의 차이를 잘못이라고 한다면 승복할 수 없다. 제사상에 놓이는 음식은 자리가 늘 일정하다. 식재료는 저마다 고유한 맛을 지닌다. 이런 것은 사람이 저마다 나름의 기호와 취향을 가진 것과 다름없다. 소금더러 왜 설탕처럼 달지 않느냐고 야단할 수 있는가? 겨자에게 어째서 매실같이 시지 않느냐고 나무랄 수 있는가? 국과 포에게 왜 밥 옆에 나란히 놓이지 않느냐고 죄줄 수 있는가? 소금더러 짠맛이 시원찮다고 나무란다면 몰라도, 어째서 안 달고 안 맵냐고 타박한다면 그것은 공정한 잣대가 아니다.

『시경詩經』의 국풍은 떠받들면서, 굴원의 「이소」는 못마땅해하는 것이 과연 옳은가? 「서리」는 주나라가 망한 뒤 한 대부가 이미 망한 주나라의 서울인 호경을 지나가다가 종묘와 궁실에 한 길 넘게 기장이 무성히 자란 것을 보고 지었다는 망국의 슬픈 노래다. 이것은 글쟁이의 관점으로 볼 때만 유효하다. 지사의 입장으로 보면, 국풍과 「이소」, 「주남」「소남」과 「서리」의 구분은 무의미하다. 통치가 바르면 노래가 굳세고 화평해진다. 정치가 바르지 않으면 노래는 슬퍼진다. 이것이 어째서 시인의 탓인가? 통치의 탓이지.

다 듣고 나니 반성문이 아니라 반박문이다. 정치가 잘 다스려지면 글은 저절로 화평해진다. 치세는 문학과 따로 노는 법이 없다. 문학이 치세의 소리를 못 내는 것은 치세가 아니기 때문이지, 시인의 성정이 비뚤어져서가 아니다. 집집마다 울려 퍼지는 치세의 소리를 듣고 싶은가? 그렇다면 나를 닦달하지 말고, 정치가 제자리를 잡도록 노력하는 것이 먼저일 것이다. 대충 이런 취지다. 이 글 뒤에 붙인 본 노래에서는 임금의 덕화를 찬송하고, 그 감화 속에 천지에 태평만세의 우렁찬 소리가 울려 퍼지는 모습을 상상했다.

박제가는 이 글에서도 시인의 개성을 맛에 견줘 설명했다. 소금은 짜야 하고, 겨자는 매워야 한다. 매실은 신 것을 치고, 찻잎은 쓴맛을 취한다. 시인은 제맛을 제대로 못 내는 것을 부끄러워해야지, 남의 맛을 선망하여 기웃거려서는 안 된다. 자기 빛깔과 자기 맛을 갖는 것은 조금도 잘못이 아니다. 문학에 이래야 한다는 기준을 적용하는 일은 우습다. 시인의 목소리는 시대의 거울이다. 시를 보면 그 시대가 딱 떠오른다. 시인은 진실을 담아 시대를 비출 뿐, 당위로 가공의 현실을 만들어내지 않는다. 그래도 그 시가 힘이 있으려면 시인도 공부를 해야 한다. 식견을 길러야 한다. 되는 대로 술 먹고 떠드는 것을 시로 착각하면 안 된다. 재주 소리 내고, 말장난 잘하는 것을 좋은 시로 혼동하면 안 된다.

시는 삶 속에서 생겨나는 것

이번에 읽을 글은 이덕무의 시집에 얹은 「형암선생시집서炯菴先生詩集序」다. 역시 앞쪽은 생략한다. 가상의 객과 문답하는 흔한 형식을 취해 자신의 생각을 밝혔다.

객이 말했다. "시라는 것은 삶 속에서 생겨나는 것일세. 어린아이가 응애응애 울 때 등을 토닥이며 노래를 불러주면 칭얼대는 울음소리와 서로 가락이 맞아

아이는 어느새 잠이 들고 말지. 이것이 천하의 진짜 시라네. 시는 본성에서 나오는지라 삿됨과 바름이 있어, 좋고 나쁨과 세속의 오르내림을 볼 수 있다고 들었네. 때문에 화려하게 꾸민 작품은 국풍에 수록하지 않았고, 촉급한 소리는 청묘淸廟의 제사에는 올리지 않았다네. 이제 그대가 담박한 맛을 버리고 보니, 자연히 아로새겨 꾸며내는 새로운 솜씨를 좋아하는군그래. 앞선 모범에 등을 돌려 따르지 않으면서 홀로 마음의 법만을 본받으려 하네그려."

내가 말했다. "황종黃鐘에서 서黍는 지극히 미세하고, 새와 짐승의 발자국은 지극히 자잘한 것이라네. 율려가 여기에서 일어났고, 팔괘가 이로 말미암아 만들어졌지. 대저 시를 숫자로 표시하면 역易이 되고, 소리로 옮겨 가면 음악이 되는 법일세. 도를 아는 자가 아니라면 누가 이에 대해 능히 말하겠는가?"

객이 말했다. "그렇다면 시는 무엇을 본받아야 하는가?" 내가 말했다. "하늘과 땅 사이에 가득한 것이 모두 시일세. 사계절의 변화와 온갖 사물이 내는 소리에는 나름의 자태와 빛깔, 소리와 가락이 절로 존재한다네. 어리석은 자는 살피지 못해도 지혜로운 자는 여기에 말미암지. 그런 까닭에 저 다른 사람의 입술만 올려다보며, 해묵은 글에서 그림자와 울림을 주워 모으는 것은 본색에서 멀리 벗어난 것일세."

객이 말했다. "그렇다면 한당漢唐과 송명宋明의 시가 모두 본받을 필요가 없단 말인가?" 내가 말했다. "어찌 그렇겠는가? 내가 그렇다는 것은, 말단을 좇아 갈림길을 많이 만들기보다는 근본을 거슬러 올라가 핵심을 찾는 것이 더 낫다는 뜻일세. 그런 뒤라야 천지의 진짜 소리와 옛사람의 분명치 않은 말이 마치 서리를 맞으면 절로 종이 울리고, 그늘진 골짜기에서 학이 서로 화답하는 것처럼 부응하게 될 걸세. 이렇게 보면 이덕무의 시는 포희씨와 영륜伶倫의 마음을 얻은 것일세. 시의 법식과 규율의 잘잘못이나 자구의 연원 같은 것은 살필 사람이 있을 것이네."

客曰: "詩者與生俱生者也. 小兒呱呱, 拍背而謠之嗚嗚
然, 與啼聲相合, 已而兒眠矣. 此天下之眞詩也. 夫吾聞
之, 詩出於性, 有邪有正, 觀其好惡, 與世俗汙隆. 故綺

나는 나다

麗之作, 不錄於國風, 噍殺之音, 不登於淸廟. 今予遺淡
泊之味, 自然悅藻繪之新工, 背前轍而不遵, 獨師心法之
法."

曰:"黃鐘之黍至細也, 鳥獸之文至微也. 律呂於是乎起,
八卦由是以作. 夫詩在數爲易, 在聲爲樂. 非知道者, 其
孰能語斯哉?"

客曰:"然則詩何師." 曰:"盈天地之間者皆詩也. 四時之
變化, 萬籟之鳴呼, 其態色與音節自在也. 愚者不察, 智
者由之. 故彼仰脣吻於他人, 拾影響於陳編. 其於離本也
亦遠矣."

客曰:"然則凡所謂漢唐宋明之詩, 皆不足法歟?" 曰:"奚
爲而然也? 吾所謂然者, 與其逐末而多歧, 曷若遡本而求
要. 夫然後天地之眞聲, 古人之微言, 應若霜鐘之自鳴,
而陰鶴之相和也. 然則懸官之詩, 得庖犧伶倫之心矣. 若
夫法律之沿革, 字勾之淵源, 有掌故者在."

객이 선제공격을 감행한다. "시는 삶 속에서 생겨난
다. 아이가 울 때 토닥토닥 자장가를 불러주면 울음소리와
노랫소리가 가락이 맞으면서 아이는 포근한 꿈나라로 든

다. 시는 우는 아이를 재워주는 자장가 같은 것이다. 아이
가 칭얼댄다고 미워 때리거나 을러서 울음을 그치게 한다
면 아이가 더 울지 그치겠는가? 아이의 울음을 그치게 하
는 것은 마음에서 우러난 따뜻함이지 교묘한 수단과는 거
리가 멀다. 교언영색의 수식과 기교에서 시가 나온다는 말
은 처음 듣는 소리다."

틀린 말이 하나도 없다. 이제 박제가의 반격이다. "순
임금의 음악은 위대하고, 포희씨의 팔괘는 훌륭하다. 하지
만 출발은 기장의 작은 알맹이, 그리고 새와 짐승의 발자
국을 본떠 만들었다. 황종의 음악과 팔괘의 도상은 소리로
옮기고 숫자로 나타낸 시다. 사소한 것 속에 깊고 큰 의미
가 깃들어 있는 법. 사소한 것을 어찌 사소하다 하겠는가?
이것을 또 어찌 교언영색으로 몰아붙일 수 있는가?"

객이 다시 시란 대체 무엇을 본뜬 것이냐고 묻자, 박
제가가 대답한다. "시는 하늘과 땅에 가득 차 있다. 계절이
차례로 갈마드는 변화, 사물들이 반응하여 내는 온갖 소리
에는 나름의 태깔과 빛깔과 가락이 있다. 어느 것 하나 같
지가 않다. 지혜로운 사람은 이것을 살펴 저마다 다른 소
리를 본받는다. 한 모범을 따라 그 입만 쳐다보며 흉내 내

는 짓은 죽어도 하지 않는다. 진부한 글의 그림자와 메아리를 주워 모아 제 목소리인 체하는 것은 도저히 시라고 봐줄 수가 없다."

박제가의 직설적인 대답은 객이 유도하고 싶었던 것이다. 객은 너 잘 걸렸다는 표정으로 당장 찔러 들어온다. "그래? 그렇다면 두보고 이백이고, 본받을 게 못 된다는 말이 되는군. 정말 그런가?" 박제가가 주춤 한 걸음 물러선다. "내 말뜻을 잘 새겨들어야지. 그런 말이 아닐세. 말단을 쫓아 자꾸 새 길을 내라는 말이 아니라, 근본을 거슬러 핵심을 잡아야 한다는 말이라네. 포희씨는 사물을 본떴을 뿐인데 팔괘가 되어 삼라만상을 설명하는 원리를 만들었고, 영륜은 기장 알의 길이를 재어 음계의 기준을 제정했지. 사소한 것에서 위대한 원리를 끌어내는 힘은 진정 시인의 힘이 아닐 수 없지. 그런 면에서 나는 포희씨와 영륜이야말로 위대한 시인이라고 믿어 의심치 않네. 이미지의 구사가 어떻고 시의 규칙을 얼마나 잘 지켰고 같은 것은 딴 사람에게 가서 물어보지그래."

세 글 모두 결론은 한가지다. 맛은 저마다 다르고, 빛깔도 모두 같지 않다. 좋은 시는 제맛과 제 빛깔을 지닌 것이다. 소금은 짜야 맛이고 매실은 시어야 맛이다. 매실이 소금 흉내를 내거나, 겨자가 차 맛을 내려 들면, 맛을 따지고 말고 할 것이 없다. 시에 정답이 있는가? 시에 모범이 있는가? 그런 것은 없다. 하나로 줄 세우려 들지 마라. 천지만물이 내는 소리가 저마다 다른데, 어째서 시인의 목소리만 하나여야 하는가? 옛날의 노래도 저마다 제 가락을 탔는데, 왜 지금은 제 가락을 용납하려 들지 않는가? 시인아! 제발 제 목소리를 들려다오. 앵무새 노래는 싫다. 녹음기로 트는 가락은 이제 지겹다.

끝으로 박제가의 시 한 수를 읽으며 글을 맺는다. 「월탄잡절月灘雜絕」 4수 중 첫 수다. 초기 시집에는 「위인부령화爲人賦嶺花」라는 제목을 달았다.

'붉다'는 하나의 단어 가지고
온갖 꽃 통틀어 말하지 말라.
꽃술엔 많고 적음 차이 있으니
세심하게 하나하나 보아야 하리.

毋將一紅字

泛稱滿眼花

花鬚有多少

細心一看過

 붉은 꽃, 푸른 잎이라는 표현은 듣기만 해도 슬프다.
가만히 보면 한 나무에 달린 꽃의 빛깔과 잎의 모양도 저
마다 다르다. 한 숲에서 우는 새소리는 하나도 같지 않다.
조어화향鳥語花香! 그 소리, 그 빛깔, 그 향기를 가려다오!
싱싱하게 살아 생동하는 흥취를 포착해 내 안에 생기를 가
득 불어넣어 다오! 펄떡펄떡 뛰게 해다오!

7장

공작새가 눈 것이 똥인가 부처인가

이옥(李鈺, 1760~1815)의
「이언인俚諺引」

신윤복, 「월하정인」(출처: 국립중앙박물관)

18세기 문단의 이단아

이옥은 18세기 문단의 이단아다. 정조는 선비들의 무너진 기풍을 바로잡겠다며 이른바 문체반정을 들고나와 대대적인 검열을 시행했다. 박지원이나 이덕무, 박제가 등도 반성문 제출을 요구받았지만 이옥의 파란곡절波瀾曲折이 가장 심했다. 과거 응시 자격이 누차 제한되고, 멀리 기장까지 쫓겨나 충군充軍되었다. 그의 불경스럽고 불온한 문체가 이유였다.

그는 견책을 받아 쫓겨 내려가는 도중에도 쉴 새 없이 글을 써댔다. 「남정십편南程十篇」 같은 글이 그것이다. 남쪽으로 가는 길에 듣고 본 열 가지 이야기를 적었는데, 반성은커녕 여전히 불경스럽고 해괴한 내용으로 가득했다. 요컨대 그는 반성할 마음이 조금도 없었다. 그는 그 시대의 '삐딱이'였다. 바로 보지 않고 외로 보았다. 그냥 말하지 않고 비틀어서 말했다. 정공법 대신 호도법(糊塗法: 멍청한 듯 흐리멍덩하게 뒤를 흐리는 수법)을 택했다. 임금은 이런 냉소적인 태도를 시대의 사풍士風을 무너뜨리는 주범으로 지목하고 견책했다.

　그의 생애는 뜻밖에 알려진 것이 없다. 자는 기상其相
이다. 이것부터 괴상하다. 호는 경금자絅錦子 또는 문무자
文無子라 썼다. 역시 이상하다. 그 밖에도 화석자花石子, 매
화외사梅花外史 외에 여러 호를 섞어 썼다. 별 볼일 없는 무
반계의 후예로 당색은 당시 몰락을 거듭했던 북인 계통이
었다. 문집 또한 제대로 수습되지 못했다. 필사본으로 이
리저리 굴러다니다가 최근 들어 잇달아 발굴되어, 2009년
휴머니스트 출판사에서 다섯 권의 전집으로 묶어 출판했
다. 그는 이제야 슬슬 복귀와 복권을 준비하는 중이다.

「일난」, 시는 내가 짓는 것이 아니다

　이 글에서는 그의 「이언인俚諺引」을 간추려 읽겠다.
'이언'은 속된 말이다. 네 여성의 삶을 서로 다른 가락 66
수로 노래해놓고, 제목을 「이언」으로 달았다. 「이언인」은
그 연작시집에 서문 격으로 쓴 글이다. 시에 대한 그의 생

각, 문학의 관점이 잘 살아 있다. 글은 「일난一難」과 「이난二難」, 그리고 「삼난三難」으로 구성된다. 난難은 논난論難이니, 어떤 주제를 두고 논난을 벌인다는 뜻이다. 객이 묻고 내가 대답하는 방식의 글이다. 이런 형식을 '답객난答客難'이라 한다. 옛글에서 반론을 의식하면서 제 주장을 펼칠 때 흔히 쓰는 글쓰기 방법이다. 글이 워낙 길어 전문을 다 읽을 수는 없다. 「일난」은 중요하니 꼼꼼히 읽고, 나머지는 건너뛰며 읽겠다.

먼저 「일난」이다. 두 차례 문답이 오갔다.

어떤 이가 물었다.

"그대의 「이언」은 무엇하자고 지은 것인가? 어째서 국풍國風이나 악부樂府 또는 사곡詞曲을 짓지 않고 굳이 이언을 지었소?"

내가 대답했다.

"내가 한 게 아니라오. 주재자主宰者가 그렇게 시킨 것이라오. 내가 어찌 국풍이나 악부, 사곡이나 하고, 내 이언을 하지 않을 수 있겠소? 국풍이 국풍으로 되고, 악부가 악부로 되며, 사곡이 국풍이나 악부로 되지 않고 사곡이 된 것을 살펴보시오. 내가 「이언」을 지은 연유도 알 수 있을 것이오."

或問日: "子之俚諺, 何爲而作也? 子何不爲國風爲樂府爲詞曲, 而必爲是俚諺也歟?"

余對日: "是非我也, 有主而使之者. 吾安得爲國風樂府詞曲, 而不爲我俚諺也哉? 觀乎國風之爲國風, 樂府之爲樂府, 詞曲之不爲國風樂府, 而爲詞曲也, 則我之爲俚諺也, 亦可知矣."

객은 처음부터 '이걸 시라고 썼니?'라며 도발한다. 『시경』 시대 국풍도 아니고, 한나라 때 악부시도 아니며, 송원宋元 시절 사곡도 아닌 이런 듣도 보도 못한 시를 도대체 왜 썼느냐며 다그친다.

그의 대답은 단순하다. "내가 쓰고 싶어서 쓴 것이 아니다. 조물주가 시켜서 그랬다." 뜬금없는 대답에 잠시 어안이 벙벙해졌을 상대를 위해 그는 다시 풀이한다.

"공자의 시절에는 국풍의 형식으로 노래했다. 그렇다면 한나라 때는 왜 국풍의 형식을 답습지 않고 악부시로

나는 나다

썼을까? 송나라 때는 사詞가 유행하고, 원나라 때는 곡曲이
성행했다. 이들은 왜 국풍이나 악부로 쓰지 않고 듣도 보도
못한 괴상한 형식을 자꾸 만들어낸 걸까? 다시 묻겠다. 왜
송원 때 시인들이 사곡의 형식을 만들어 제소리를 낸 것은
문제가 안 되고, 지금 여기에 사는 내가 이언의 형식에 내
목소리를 담아 노래하는 것만 시빗거리가 되는가? 나도
내가 이렇게 노래하는 까닭을 잘 모르겠다. 그렇게 하지
않을 수 없어서였겠지. 나도 모르는 누군가가 시켜서 그리
된 것이겠지. 마치 국풍을 버리고 악부를 짓던 한나라 사
람들이나, 악부도 버리고 사곡을 지었던 송원 사람들처럼
말일세. 내 말이 이상한가? 못 알아들을 구석이 있는가?"

객이 다시 반박한다.

그가 말했다.

"그렇다면 저 국풍이나 악부나 사곡, 그리고 그대가
말하는 이언이라는 것도 모두 지은 사람이 지은 게 아
니라는 말이오?"

"짓는 자가 어찌 감히 짓겠소? 짓는 자에게 짓게 만
든 사람이 지은 것이라오. 그게 누구냐고? 천지만물이

바로 그것이오. 천지만물에게는 천지만물의 성품과 형상, 빛깔과 소리가 있소. 통틀어 살펴보면 천지만물은 단 하나의 천지만물이지만, 나눠서 말할 때는 저마다의 천지만물인 것이오. 숲에 바람이 불어 꽃이 떨어지면 비처럼 어지러이 쌓이곤 하오. 하지만 하나하나 따져서 살펴보면 붉은 것은 붉고 흰 것은 흴 뿐이라오. 하늘나라의 아름다운 음악이 우레처럼 크게 울려도 가만히 들어보면 현악기는 현악기이고 관악기는 관악기라오. 저마다 제 빛깔이요, 각자 제소리일 뿐이오.

한 편의 온전한 시는 자연 속에서 원고가 되어 나와, 팔괘를 긋거나 서계書契가 만들어지기 전부터 이미 갖춰져 있던 것이오. 이 국풍이나 악부, 사곡 같은 것은 감히 제멋대로 하거나 서로 본뜰 수 있는 것이 아니라오. 천지만물과 짓는 자의 관계란 꿈에 의탁하여 실상을 드러내고, 키[箕]를 까불러 정을 통하게 하는 데 불과하다는 것이오. 그래서 사람에게 가탁하여 시가 되려 할 때는 귀나 눈 속으로 쏙 들어와서 단전 위를 맴돌다가 입과 손 위로 줄줄이 빠져나오니, 그 사람과는 아무 상관이 없는 것인 게요. 석가모니가 어쩌다 공작새의 입을 통해 배 속으로 들어갔다가 잠시 후에 공작새의 뒤꽁무니로 되나오는 격이라고나 할까? 잘 모르겠소만, 이럴 경우 석가모니의 석가모니일까, 아니면 공작새의 석가모니일까? 그래서 시를 지은 사람은 천지만물의 언어를 옮겨주는 역관이고, 천지만물을 그려내는 솜씨 좋은 화가라는 것이오.

이제 역관이 남의 말을 통역할 때, 나하추納哈出의 말을 통역하면 북방 오랑캐의 말이 되고, 마테오 리치의 말을 통역하면 서양 말이 되오. 그 소리가 귀에 익지 않다 해서 감히 제멋대로 바꿀 수 있는 것은 아니오. 지금 화가가 남의 초상화를 그린다고 합시다. 맹상군孟嘗君을 그리면 작달막한 모습이 될 게고, 거인인 거무패巨無覇를 그리면 키 큰 오랑캐의 형상이 될 것이오. 그 형상이 보통 사람과 다르다 해서 마음대로 바꿔 그리지는 못하지 않겠소? 이것과 무엇이 다르단 말이오?"

曰:"然則, 彼國風與樂府與詞曲, 與子之所謂俚諺者, 皆非作之者之所作歟?"

曰：“作之者，安敢作也？所以爲作之者之所作者，作之矣．是誰也？天地萬物，是已也．天地萬物，有天地萬物之性，有天地萬物之象，有天地萬物之色，有天地萬物之聲．總而察之，天地萬物，一天地萬物也；分而言之，天地萬物，各天地萬物也．風林落花，雨樣紛堆，而辨而視之，則紅之紅，白之白也．勻天廣樂，雷般轟動，而審而聽之，則絲也絲，竹也竹．各色其色，各音其音．一部全詩，出稿於自然之中，而已具於畫八卦造書契之前矣．此國風樂府詞曲者之所不敢自任，不敢相襲也．天地萬物之於作之者，不過托夢而現相赴箕而通情也．故其假於人，而將爲詩也，溜溜然從耳孔眼孔中入去，徘徊乎丹田之上，續續然從口頭手頭上出來，而其不干於人也．若釋迦牟尼之偶然從孔雀口中入腹，須臾向孔雀尻門復出也．吾未知釋迦牟尼之 釋迦牟尼耶？是孔雀之釋迦牟尼耶？是故，作之者，天地萬物之一象胥也，亦天地萬物之一龍眠也．今夫譯士之譯人之語也，譯納哈出，則爲北蕃之語；譯利瑪竇，則爲西洋之語．不敢以其聲之不慣，而有所變改焉．今夫畫工之畫人像也，畫孟嘗君，則爲眇小之像；畫巨無覇，則爲長狄之像．不敢以其像之不類，而有所推移焉，何以異於是?"

우선 여기까지 먼저 끊어 읽는다. 객이 다시 묻는다.
"그럼 시를 지은 작가는 작가가 아니라는 말인가? 무슨 그
런 말이 있는가?"

대답은 이렇다. "당연하지. 시의 작가는 천지만물일
세. 천지만물은 저마다 본질과 형상, 빛깔과 소리를 갖추
고 있지 않은가? 통틀어 보면 하나요, 나눠 보면 천 갈래
만 갈래가 되는 것일세. 바람에 불려 떨어진 꽃잎은 서로
뒤엉킨 채로 하나의 풍경이 되지만, 따지고 보면 각자의
성질을 지닌 그대로이지. 오케스트라가 내는 화음은 부분
들의 합이 아닌가? 그렇다고 하나만으로는 전체가 나오지
않는다네. 시로 말해볼까? 삼라만상 그 자체가 한 편의 위
대한 시일세. 천지창조의 그날부터 존재해왔지. 이 놀라운
시가 시대에 따라 시인의 꿈속으로 들어와 제 모습을 드러
내고 제 할 말을 대신하게 한 것일 뿐이라네. 내가 만일 국
풍이나 악부, 사곡 같은 것을 흉내 낸다면, 그건 내가 남을
흉내 낸 것이지 천지만물 자신이 지은 것은 아니겠지. 이
런 것은 가짜 시일세. 진짜는 아니지. 근사하지 않은가? 내

가 가만히 있는데, 천지만물이라는 녀석이 내 눈과 내 귀 속으로 슬쩍 걸치고 들어온다네. 그 녀석이 내 안으로 들어오고 나면 나는 갑자기 입이 근질근질해지고 손끝을 꼼지락거리게 되지. 그래서 나도 몰래 입으로 읊조리고 손으로 적게 되는 것일세. 이때 나는 그저 통역에 불과하고 화가에 지나지 않는다네. 이게 어찌 내가 지은 것이겠는가? 나는 아무것도 하지 않았어. 그저 천지만물이 내 몸에 들어온 이후로 생긴 변화에 내 몸을 내맡긴 것일 뿐. 공작새의 입으로 들어간 부처가 꽁무니로 튀어나왔다면 그걸 석가모니라 해야 옳겠나, 공작새 똥이라 해야 옳겠나? 실상을 왜곡해서는 안 되네. 시인은 제 목소리를 내는 것이 아니라 조물주의 목소리를 대리하는 자일세. 땅딸보를 거인으로 만들거나, 박색을 미인으로 고친다고 훌륭한 화가인 것은 아니지. 그대로 그려내야 좋은 화가일세. 의미를 왜곡 없이 전달해야 훌륭한 통역이 아니겠나? 나는 그런 화가, 그런 통역이 되고 싶네."

대답은 좀더 길게 이어진다.

"내 말을 좀 들어보시오. 만물이라는 것은 만 가지

　　　　　　　　　나는 나다

물건이라 진실로 한묶에 말할 수는 없소. 하늘은 그대로 하늘이지만 단 하루도 같은 날이 없지 않소. 땅도 마찬가지요. 한 곳도 서로 비슷한 곳이 없지. 사람은 어떤가. 천만 명이 저마다 천만 개의 성씨와 이름을 지니고 있다오. 1년 300일은 제가끔 300가지의 일이 있게 마련이오. 마찬가지로 역대의 왕조를 보시오. 하夏·은殷·주周·한漢·진晉·송宋·제齊·양梁·진陳·수隋·당唐·송宋·원元은 시대마다 달라, 저마다 한 시대의 시가 있었소. 열국列國만 해도 그렇소. 주周·소召·패邶·용鄘·위衛·정鄭·제齊·위魏·당唐·진秦·진陳 등 제후국마다 각기 달라서 각각 한 나라의 국풍이 있었지 않소. 30년이면 세대가 변하고, 100리를 가면 풍속이 같지 않은 법이오. 어찌 대청大淸 건륭乾隆 연간에 태어나 조선의 한양성에 살면서 감히 짧은 목을 길게 빼고 가는 눈을 부릅떠서 망령되이 국풍과 악부, 사곡의 작가를 본뜨려 한단 말이오?

　내 이미 눈으로 보니 모두 이 같을 뿐이었소. 내가 짓는다는 것은 있을 수 없소. 다만 저 무궁한 천지만물은 건륭 연간이라 해서 혹 하루라도 존재하지 않은

적은 없었소. 오직 저 다정한 천지만물은 한양성 아래라 해서 어느 한 곳 따라오지 않은 곳이 없지 않소. 또한 내 귀와 눈, 내 입과 손도 내가 용렬하고 못났다 하여 어느 한 가지 옛사람보다 덜 갖춰진 것이 없으니, 이 얼마나 다행스러운 일이오? 이것이 바로 내가 짓지 않을 수 없는 이유라오. 또한 내가 단지 「이언」만 지을 뿐, 『시경』의 「도요桃夭」나 「갈담葛覃」을 감히 짓지 않고, 한나라 때 악부인 「주로朱鷺」나 「사비옹思悲翁」을 감히 짓지 않으며, 송원의 사곡인 「촉영요홍燭影搖紅」이나 「접련화蝶戀花」를 또한 감히 짓지 않는 까닭이오. 이것이 어찌 내가 하는 것이겠는가? 어찌 내가 하는 것이겠는가?

다만 부끄러워할 만한 일은 내게 배회하는 천지만물이라는 것이 옛사람에게 배회한 천지만물보다 크게 못 미친다는 것이오. 이것은 내 죄일세그려. 또한 「이언」의 여러 곡조에다가 감히 국풍이나 악부, 사곡이라는 명칭을 쓰지 못하고 비루하다는 뜻의 '이俚'자를 써 놓고 또 속된 말이라는 의미로 '언諺'자를 쓴 것은 천지만물에게 사죄하는 뜻이라오.

나는 나다

나비가 날다가 국화 곁을 지나면서 차고 여윈 것을 보고는 이렇게 물었다지. '너는 어째서 매화처럼 희거나 모란처럼 붉거나, 도리桃李처럼 분홍색이 되지 않고, 굳이 노란색이 된 게냐?' 국화가 이렇게 대답했답니다. '그게 어째서 내가 한 것이냐. 시절이 그렇게 만든 것이지. 시절이야 내가 어쩌겠느냐?' 그대가 내게는 바로 이 나비라 하겠구려."

"蓋嘗論之, 萬物者, 萬物也, 固不可以一之, 而一天之天, 亦無一日相同之天焉; 一地之地, 亦無一處相似之地焉. 如千萬人, 各自有千萬件姓名; 三百日, 另自有三百條事焉, 惟其如是也. 故歷代而夏殷周也漢也晉也宋齊梁陳隋也唐也宋也元也, 一代不如一代, 各自有一代之詩焉. 列國而周召也邶鄘衛鄭也齊也魏也唐也秦也陳也, 一國不如一國, 另自有一國之詩焉. 三十年而世變矣, 百里而風不同矣. 奈之何生於大淸乾隆之年, 居於朝鮮漢陽之城, 而乃敢伸長短頸, 瞋大細目, 妄欲談國風樂府詞曲之作者乎?
吾旣目見, 而其如是, 如是也, 則吾固不可以有所作矣.

猶彼長壽之天地萬物者, 不以乾隆年間, 而或一日不存焉;
惟彼多情之天地萬物者, 不以漢陽城下而或一處不隨焉.
亦吾之耳之目之口之手也, 不以吾之庸渼, 而或一物不備
於古人焉, 則幸哉幸哉! 此吾之亦不可以不有所作者也.
亦吾之所以只作俚諺, 而不敢作桃夭葛覃也, 不敢作朱鷺
思悲翁也, 并與燭影搖紅蝶戀花, 而亦不敢作者也. 是豈
我也哉? 是豈我也哉?

所可歎者, 天地萬物之所於我乎徘徊者, 大不及古人之所
以徘徊天地萬物者, 則此則我之罪也. 而亦俚諺諸調之所
以不敢曰'國風'曰'樂府'曰'詞曲,' 而旣曰'俚,' 又曰'諺,' 以
謝乎天地萬物者也.

蝴蝶飛而過乎鶴翎, 見其寒且瘦, 問之曰:'子何不爲梅
花之白牧丹之紅桃李之半紅半白, 而必爲是黃歟?'鶴翎
曰:'是豈我也? 時則然矣, 於時何哉?'子亦豈我之蝴蝶也
哉?"

"세상은 다 같지만 하나도 같은 것이 없네. 하늘은 늘
우리 위를 돌아도 하루도 같은 법이 없지. 땅도 사람도 다
그렇지 않은가? 마찬가지로 역사 속에 명멸한 수많은 왕

조도 시대마다 다 달랐지, 같은 법이 없었네. 『시경』의 국풍을 보게나. 지역마다 자기 빛깔의 고유한 노래를 가지고 있지 않았던가? 시간이 바뀌고 공간이 나뉘면 달라지는 것이 정상일세. 세상이 바뀌었는데 생각이 안 바뀌면 쓸모없어 버려지는 법일세. 지금은 춘추전국시대가 아니고, 당나라 송나라도 아니요, 다름 아닌 청나라 건륭 연간이 아닌가? 이곳은 중국이 아니고 일본도 아닌 조선의 한양성이 아닌가? 지금 여기를 사는 나더러 어째서 그때 거기처럼 시를 쓰지 않느냐고 말하면 곤란한 것이 아니겠나? 왜 지금의 나더러 그때를 본뜨고, 여기의 나한테 저기를 흉내내라고 강요하는가? 나는 앵무새는 싫네. 광대놀음은 하기 싫으이. 나는 나고, 여기는 여기고, 지금은 지금이니, 나는 지금 여기를 사는 나의 목소리를 내야겠네.

내가 그들의 흉내를 내지 않는 것은 하등 부끄러울 것이 없지. 다만 내게로 들어온 천지만물을 옮겨내는 내 솜씨가 옛사람만 못할까 봐 전전긍긍할 뿐이네. 내가 지은 「이언」은 낮고 더럽고 비루한 상말이라는 뜻일세. 내용이 그렇다는 것이 아니라 통역 솜씨가 부끄럽다는 뜻으로 이렇게 말한 것이라네.

여보게, 자네! 국화꽃이 노란색인 것이 국화의 잘못인가? 국화의 빛깔과 향기, 개화 시기를 제가 직접 선택할 수 있는가? 매화는 이른 봄에 피고, 도리는 늦은 봄에 피며, 모란은 초여름에 피지. 자네 나더러 왜 「이언」을 지었느냐고 따지고 싶은 겐가? 차라리 모란에게 가서 너는 왜 매화처럼 이른 봄에 흰색 꽃을 안 피우고, 여름에 붉은 꽃을 피우느냐고 따지시게나. 도리더러 어째서 가을에 노란 꽃을 피우는 오상고절傲霜孤節을 배우지 못하느냐고 나무라게나. 나는 날세. 여기는 여기고, 지금은 지금일 뿐이라네. 시를 내가 지을 수 있는가? 천지만물의 주재자가 입이 근질근질해지거나 손가락이 꿈틀꿈틀댈 때 자기가 직접 말해야 못 알아들으니까 시인을 시켜 대신 전달하게 한 것일 뿐일세. 폼이 중요한 것이 아니지. 통역을 제대로 하느냐 못 하느냐에 달린 문제일세."

이옥의 이같이 도도한 웅변은 앞서 읽은 이덕무, 박제가의 생각과 맥락이 똑같다. 죽어도 옛날이나 남 흉내를 안 내고, 제 목소리를 내겠다는 것이다. 이 시기 시학의 관점은 확실히 이전에 볼 수 없던 장관을 연출했다.

「이난」, 남녀의 정이 가장 진실하다

처음 시비를 걸었던 사람의 입이 쑥 들어가면서, 「일난」이 끝났다. 이제 논란은 제2라운드로 넘어간다. 「이난」은 다 읽지 못하고 건너뛰며 읽는다.

어떤 이가 말했다.

"자네가 이렇게 말했지. 천지만물이 자네에게 들어와 자네에게서 나간 것이 자네의 「이언」이라고. 그렇다면 어째서 자네의 천지만물은 유독 한두 가지에만 그치고 말았단 말인가? 어째서 자네의 「이언」은 그저 연지 찍고 분 바르고 치마 입고 비녀 꽂은 여인네의 일만 언급했는가? 옛사람은 예가 아니면 듣지를 말고, 예가 아니면 보지를 말고, 예가 아니면 말하지도 말라고 했거늘 어째서 이렇게 한단 말인가?"

내가 벌떡 일어나 얼굴빛을 고치고서 꿇어앉아 사죄했다.

"선생의 가르침이 일리가 있소. 내가 잘못했소. 청

컨대 어서 불태워버리시오. 하지만 내가 선생에게 가만히 청할 일이 있소. 선생께서 끝까지 가르쳐주면 고맙겠소. 감히 묻겠소. 『시경』이란 어떤 책이오?" "경전일세." "누가 지었소?" "당시의 시인이겠지." "누가 취했소?" "공자께서 취했소." "누가 풀이했소?" "주자朱子께서 주석을 집대성하고, 뜻풀이는 한나라 때 유자儒者들이 했소." "그 핵심 의미는 무엇이오?" "사무사思無邪, 즉 생각에 사특함이 없는 것이오." "그 쓰임새는 무엇이오?" "백성을 가르쳐서 선하게 하는 것이오." "「주남」과 「소남」은 어떤 것이오?" "국풍이오." "어떤 내용이오?" 한참 있다가 말했다. "여자의 이야기가 많소." "몇 편이나 되오?" "「주남」은 11편, 「소남」은 14편이오." "그중 여자의 일을 말하지 않은 것이 각각 몇 편이오?" "「토저兔罝」와 「감당甘棠」 등 합쳐서 5편뿐이오."

내가 말했다.

"그런가? 참 이상하구려. 천지만물이 다만 분 바르고 연지 찍고, 치마 입고 비녀 꽂은 여인네의 일에 있었던 것은 아주 옛날부터 그랬던 것이오? 옛 시인들이

예가 아니면 듣지도 보지도 말하지도 말라고 한 것을
거리끼지 않아서 그랬던 것이오? 객이여! 내 말을 좀
들어보시겠소? 대저 천지만물에 대한 관찰은 사람을
보는 것보다 더 큰 것이 없소. 사람을 관찰하는 것은
정을 살피는 것보다 묘한 것이 없소. 정을 살피는 것
은 남녀의 정을 살피는 것보다 진실된 것이 없소. (중
략)

　대저 사람의 정이란 혹 기쁘지도 않으면서 거짓 기
쁜 체하기도 하고, 성낼 일도 아닌데 짐짓 성을 내기
도 하오. 슬플 일도 아닌데 가짜로 슬퍼하고, 즐겁거
나 슬프거나 밉거나 하고 싶지도 않으면서 억지로 즐
겁고 슬프고 미워하고 하고 싶어 하는 체하기도 하오.
어느 것이 진짜고 어느 것이 가짜인지 그 정의 진실을
모두 살펴 알 수가 없소. 하지만 남녀 문제만은 인생
에서 본디 그러한 일이고, 또한 천도天道의 자연스러
운 이치라오. (중략)

　여자란 편벽된 성품을 지녔소. 좋아 기뻐하고 근심
에 잠기며, 원망하고 즐거워하는 것이 진실로 모두 정
에 따라 흘러나오지요. 마치 혀끝에 바늘을 감추고,

눈썹 사이에 도끼를 휘두르는 것과 같으니, 사람 중에 시경詩境에 꼭 부합하는 것은 여자처럼 묘한 것이 없소. 부인네는 우물尤物, 즉 요상한 존재요. 그 태도와 말씨, 복식과 거처가 또한 모두 온통 끝까지 가고야 마니, 졸면서 꾀꼬리 울음소리를 듣고 취한 뒤에 복사꽃을 구경하는 것과 같소. 사람 중에 시료詩料, 즉 시의 쓸거리를 갖춘 것은 부인네처럼 풍부한 것이 없다 하겠소. (중략)

이왕 시를 짓는다면, 천지만물 사이에 묘하고 풍부하며 정이 참된 것을 버려두고 내가 다시 어디로 가서 솜씨를 부린단 말이오. 그대는 내 말을 알아듣겠는가? 모르겠는가? 내 생각에 국풍을 지은 시인이 국풍을 지을 적에 그 재주와 식견이 나보다 만만 배는 나았겠지만, 이를 지은 뜻만큼은 나와 거리가 그다지 멀지는 않을 것이오."

或曰："子言天地萬物, 入乎子出乎子, 爲乎子之俚諺, 則豈子之天地萬物, 獨一個兩個而止耶？何子之俚諺, 只及於粉脂裙釵之事耶？古人非禮勿聽, 非禮勿視, 非禮勿言,

　　　　　나는 나다

亦若是乎?"

余蹶然而起改容，跪而謝曰："先生敎之，旨矣. 弟子失矣，請亟焚之. 然弟子竊有請於先生者，幸先生卒敎之，敢問詩傳者，何也?"曰："經也."曰："誰作之?"曰："時之詩人也."曰："誰取之?"曰："孔子也."曰："誰註之?"曰："集註朱子也，箋註漢儒也."曰："其大旨何?"曰："思無邪也."曰："其功用何?"曰："敎民成善也."曰："周召南何."曰："國風也."曰："所道者何?"久之曰："多女子之事也."曰："凡幾篇?"曰："周十有一篇，召十四篇也."曰："其不道女子之事者，各幾篇?"曰："維兎罝甘棠等合五篇也已."

曰："然歟? 異哉! 天地萬物之只在於粉脂裙釵者，其自古在昔而然歟? 何古之詩人之不憚乎非禮勿視非禮勿聽非禮勿言而然歟? 客乎! 子欲聞其說乎? 是有說焉. 夫天地萬物之觀，莫大於觀於人. 人之觀，莫妙乎觀於情. 情之觀，莫眞乎觀乎男女之情. (중략)

蓋人之於情也，或非所喜而假喜焉，或非所怒而假怒焉，或非所哀而假哀焉. 非樂非愛非惡非欲，而或有假而樂而哀而惡而欲者焉. 孰眞孰假，皆不得有以觀乎其情之眞.

而獨於男女也，則卽人生固然之事也，亦天道自然之理也.
(중략)

且有說焉. 女子者, 偏性也. 其歡喜也, 其憂愁也, 其怨望
也, 其譴浪也, 固皆任情流出, 有若舌端藏針眉間弄斧, 則
人之合乎詩境者, 莫女子妙矣. 婦人, 尤物也. 其態止也,
其言語也, 其服飾也, 其居處也, 亦皆到盡底頭, 有若睡中
聽鶯醉後賞桃, 則人之具乎詩料者, 莫婦人繁矣. (중략)
然而旣作之, 則天地萬物之間, 舍其妙且繁而情眞者, 吾
復何處焉下手也哉? 子其聞之乎, 否乎? 意者, 國風之詩
人者, 於其作國風之時也, 其才與識, 固萬萬倍賢乎吾也,
而其所以作之之意, 則蓋亦與吾不甚相遠也云爾."

질문의 취지는 이렇다. "자네 말마따나 천지만물이 자
네에게 대신 말하게 했다고 치세. 그런데 자네에게 들어온
천지만물은 어째서 자네에게 맨날 여인네들의 사랑타령만
말하도록 시킨단 말인가? 어째서 하필 음탕하고 야한 소
리만 골라서 하는 겐가? 예가 아니면 듣지도 보지도 말하
지도 말라는 말을 못 들어보았는가?"

반격이 매섭다.

　　　　　　　나는 나다

"『시경』에 수록된 시들도 대부분 남녀 간의 일을 노래한 것이 많다. 옛 시인들이 예가 아니면 듣지도 보지도 말라 하신 성현의 가르침을 몰라서 그랬겠는가? 그들도 그렇게 했는데, 왜 나는 안 되는가? 왜 남녀의 일을 여인네의 입을 빌려 노래했는지 궁금한가? 내 말해주겠네. 남녀의 정이야말로 거짓 없는 진실된 것이기 때문일세. 이것만 보면 그 시절 그 땅에 살던 사람들의 정을 금세 알아볼 수가 있단 말일세. 여자야말로 시경詩境이요, 시료詩料 그 자체일세. 참된 정을 말하려 한다면서 어찌 여자의 정을 말하지 않을 수 있단 말인가? 『시경』에 실린 시를 쓴 그때의 시인들도 내 의견에 다 동의할 걸세. 대체 뭐가 문제란 말인가?"

「삼난」, 이름이 어찌 촌스러울 수 있는가?

　다음은 「삼난」, 즉 세번째 논난이다. 연패를 당한 객이 마지막 반격을 준비한다.

어떤 이가 말했다.

"그대의 「이언」 중에 쓰고 있는 복식이나 그릇에 이름이 있거나 이름이 없는 물건이 꽤 있는데, 흔히 본래의 명칭을 쓰지 않고, 망령되이 제 뜻으로 우리나라 이름을 가져다 붙여 문자로 쓰니 참람하고 괴이하고 촌스럽게 여겨지는구려." (중략)

내가 말했다.

"청컨대 사물의 이름을 가지고 말해보겠소. 사물의 이름은 무척이나 많소. 그러니 눈앞에 있는 물건의 이름만 가지고 말하리다. 저 풀로 짠 자리는 옛사람이나 중국 사람들은 '석席'이라고 하나, 나와 그대는 '돗자리'라 말하오. 저 나무 시렁에 기름을 얹어두는 것을 옛사람과 중국 사람은 '등경燈檠'이라 하지만, 나와 그대는 '광명光明'이라 하오. 저 털을 묶어 뾰족하게 만든 것을 저들은 '필筆'이라 하나 우리는 '붓'이라고 부르오. 저 닥종이를 두드려 희게 만든 것을 저들은 '지紙'라 하나 우리는 '종이'라고 하오. 저들은 저들의 이름으로 이름 짓고, 우리는 우리의 이름으로 이름 짓

나는 나다

는 것이오. (중략) 우리가 어찌 우리의 이름을 버리고
서 저들의 이름을 따른단 말이오? 저들은 어째서 자기
들의 이름을 버려 우리의 이름을 따르지 않는단 말이
오?"

或以俚諺中所用服食器皿, 凡于有名之物無名之物, 多不
用本來之名稱, 以妄以已意傳合鄕名用文字也, 以爲借
焉, 以爲詭焉, 以爲鄕闒焉. (중략)
曰: "請以物之名言. 物之名甚多, 請以目前之物之名而言
之. 彼草織而藉者, 古之人中國之人, 則曰席, 我與子則
曰兜單. 彼架木而安油盞者, 吾之人中國之人, 則曰燈檠,
我與子則曰光明. 彼束毛而尖者, 彼則曰筆, 我則曰賦詩.
彼擣楮而白者, 彼則曰紙, 我則曰照意. 彼以彼之所名者
名之, 我以我之所名者名之. (중략) 我何必棄我之所以名
者, 而從彼之所以名者乎?"

궁색한 객이 마지막으로 들고나온 문제 제기는 이렇
다. "알았다! 시대별로 시의 형식과 내용이 바뀌는 것도 알
겠고, 남녀의 사랑 문제를 다룬 뜻도 이해하겠다. 그렇지

만 어째서 점잖고 우아한 한자 말을 놔두고 저속한 우리말 표현을 시 속에 그대로 가져다 쓰는가? 이것만은 절대로 못 참겠다."

"답답하다, 객이여! 이름은 고정불변의 것이 아니지 않은가? 저 한자를 처음 만들었다는 창힐蒼頡이 언제 우리를 위해 글자를 만들어주었던가? 단군과 기자가 언제 글자를 만들어 말을 가르친 적이 있었던가? 그래도 천지만물 위에 모든 이름을 저마다 다르게 붙여 생활에 아무런 불편이 없다. 촌스러워도 이것이 우리 이름이니 쓰는 것이다. 아니 촌스럽다는 그 말에도 나는 동의할 수가 없다. 어째 남의 것은 귀하고 우리 것은 천하다 하는가? 사물에 천하고 귀한 것이 없듯, 이름에도 귀천이 따로 있지 않다. 자네 두고 보게! 훗날 중국에서 널리 채집하는 자가 있어, 내가 말한 사물의 이름을 기록해놓고, 그 주석에다 '조선의 경금자絅錦子가 말했다'고 풀이를 달지 않을 줄 어찌 알겠는가? 나를 말릴 생각은 말게."

지금까지 이옥의 「이언인」을 간추려 읽었다. 핵심은 이렇다. 시는 시대마다 내는 목소리가 다르다. 하지만 그

나는 나다

밑에 깔린 불변의 가치는 참된 정이다. 시에는 따라야 할 전범典範이 따로 없다. 오로지 진실의 언어를 말한다는 사실만이 전범이다. 시는 시인이 쓰는 것이 아니다. 시를 쓰는 주체는 천지만물이다. 시인은 천지만물의 언어를 대술代述하는 역관이요, 풍경을 화면 위에 재현하는 화가일 뿐이다. 전범을 버려야 천지만물의 목소리가 들린다. 꾸밈은 시의 치명적 독이다. 오리지널은 없다. 끊임없이 변해라. 옛길을 따르지 마라. 새 길로 가라. 꾸미지 않아야 목청이 트인다. 옛길을 따라가면 내가 설 땅이 없다.

한편 남녀 간의 사랑은 시의 영원한 주제다. 시는 진정에서 나온다. 진정을 떠나면 더 이상 시가 아니다. 교훈만 찾고 고상한 것만 노래하려거든 시를 떠나라. 가짜 시와 결별하고 진짜 시를 쓰려 한다면서 어찌 예禮를 말하고 도덕을 강요하는가? 또 한 가지, 언어는 지금 여기의 언어라야 힘이 있다. 그때 저기의 언어, 도덕과 관념의 언어로는 안 된다. 펄펄 뛰는 물고기를 어물전의 절인 생선과 맞바꾸랴.

이언진의 시론은 주자 의리義理와 인의예지仁義禮智로

똘똘 뭉친 공화국에 뱉은 가래침이다. 정조의 반성문 요구가 오히려 당연해 보이기까지 한다. 그의 시 주장은 오늘날 읽기에도 다소 과격하다. 우리는 왜 바보처럼 외국 시만 흉내 내는가? 시에서 애정 문제, 섹스 문제를 다루는 것이 과연 비도덕적인가? 날것 그대로의 일상 언어를 시에다 끌어 쓰는 것이 왜 시빗거리가 되는가? 지금 해도 욕먹기 딱 좋은 말만 골라서 했다. 그런데 그 말에 틀린 것이 하나 없다. 핵심을 찌르고 정곡을 뚫었다. 그러고 보면 우리는 그때도 후지고 지금도 여전히 후지다.

그 이론적 실천으로 지은 것이 「이언」 66수다. 「아조雅調」 「염조艶調」 「탕조宕調」 「비조俳調」 등 네 가락으로 노래했다. 「아조」는 양반가 새 며느리의 사랑스러운 정태情態를 담았다. 우아하고 사랑스럽다. 「염조」는 남정의 사랑을 잃은 사치스러운 아낙네의 화려한 치장을 주욱 나열했다. 새침하고 어여쁘다. 「탕조」는 몸 파는 창기娼妓의 원망과 푸념을 노래했다. 음탕하고 야하다. 「비조」는 원망과 비탄에 빠진 여인의 독백이다. 원망 끝에 악만 남았다. 이 네 가락의 노래 속에 조선 시대 여인네들의 꿈과 소망과 눈물과 한숨이 둥둥 떠다닌다.

이옥! 그가 통역해 전해주고, 그가 그림으로 그려줘서, 지금 우리가 그녀들의 육성과 마주할 수 있다. 이 아니 훌륭한가? 그 구체적인 시 작품은 독자들이 직접 만나보기 바란다.

8장

좋은 시를 쓰고 싶은가

정약용(丁若鏞, 1762~1836)의
「시선서詩選序」외

김호석 作. 다산 정약용 초상. 178×96cm. 한지에 수묵 채색. 2009

시와 학문은 두 길이 아니다

앞선 다른 이들의 시론이 시의 본질과 정서, 표현에 비중을 두었다면, 정약용의 시론은 톤이 조금 다르다. 정약용은 재주 소리를 혐오했다. 번뜩이는 재기로 시 짓는 것을 용납하지 않았다. 학문하듯 시를 썼다. 진정성을 벗어난 괴팍함을 싫어했다. 고리타분할 것 같은 그의 시론은 너무도 당연한 진리를 정공법으로 설파하고 있어 감동스럽다. 그때나 지금이나 세상은 당연한 것을 우습게 알고, 새롭고 괴상한 것만 찾아 쫓아다니기 때문이다. 듣도 보도 못한 해괴망측을 창의로 착각하고, 저도 모를 헛소리, 잠꼬대를 개성과 혼동한다. 그 결과 알맹이는 없이 튀고 보자는 식의 요상한 언어가 난무한다. 괴력난신怪力亂神이 판을 친다.

다산에게 '왜 시를 쓰는가' 하는 질문은 '왜 사는가'와 같은 의미다. '어떻게 쓰는가'는 '어떻게 사는가'와 함의가 같다. 그는 시의 길, 문학의 길과 삶의 길을 구분하지 않았다.

문장은 꽃과 같네

비슷한 취지의 글 두 편이 있다. 차례로 읽어보겠다.
먼저 「양덕인 변지의에게 주는 말爲陽德人邊知意贈言」이다.
짤막한 글 속에 핵심을 짚었다.

변지의邊知意 군이 천리 길에 나를 찾아왔다. 그 뜻
을 물으니, 문장에 뜻을 두고 있었다. 이날 아들 학유
學游가 나무를 심었으므로 가리키며 깨우쳐주었다.
"사람에게 문장이 있는 것은 초목에 꽃이 피는 것과
다를 게 없네. 나무를 심는 사람은 바야흐로 나무를
심을 때 뿌리를 돋워주고 줄기를 편안하게 할 뿐이지.
이윽고 진액이 돌아 가지와 잎이 돋으면, 꽃은 그제야
피어나는 법이라네. 꽃이란 갑작스레 취할 수 없는 것
일세. 뜻을 성실하게 하고 마음을 바르게 지녀 뿌리를
북돋우고, 행실을 도탑게 하고 몸을 닦아 줄기를 안정
시켜야 하지. 경전을 궁구하고 예학을 연마하여 진액
이 돌게 하고, 들음을 널리 하고 예藝에 노닐어 가지와

잎을 틔워야 하네. 이에 깨달은 것을 갈래 지워 쌓아 두고, 쌓아둔 것을 펴서 글로 짓는 것일세. 그러면 이를 보고 사람들이 문장이라 하니, 이런 것을 일러 문장이라 한다네. 문장이란 갑작스레 취할 수가 없다네. 그대가 이 가르침을 가지고 돌아가 구한다면 스승이 남아돌게 될 것이네."

邊君知意, 千里而訪余. 詢其志, 志在文章. 是日兒子游種樹, 指以喩之曰: "人之有文章, 猶草木之有榮華耳. 種樹之人, 方其種之也, 培其根安其幹已矣. 旣而行其津液, 冒其條葉, 而榮華於是乎發焉. 榮華不可以襲取之也. 誠意正心, 以培其根, 篤行修身, 以安其幹, 窮經硏禮, 以行其津液, 博聞游藝, 以冒其條葉. 於是類其所覺, 以之爲蓄, 宣其所蓄, 以之爲文. 則人之見之者, 見以爲文章, 斯之謂文章. 文章不可以襲取之也. 子以是歸而求之, 有餘師矣."

변지의라는 젊은이가 천리 길을 걸어 다산을 찾아왔다.
"어찌 왔는고?"
"문장을 배우고자 왔습니다. 길을 일러주십시오."

젊은이의 눈빛이 반짝 빛났다.

"문장은 배워 뭐하려고?"

"훌륭한 시문으로 이름을 길이 남기렵니다. 거두어주십시오."

마침 아들 정학유가 마당 한 켠에서 나무를 심고 있었다.

"저길 보게. 내 아들이 나무 심는 것이 보이는가?"

"보입니다."

"나무는 왜 심지?"

"꽃을 보고 열매를 거두기 위해서입니다. 목재로도 쓰지요."

"그렇군. 자네가 문장을 배우고 싶다니 내 한마디 하겠네. 문장이란 나무로 치면 꽃과 같네. 말을 체에 곱게 거르면 문장이 되지. 시는 문장 중에서도 가장 정채로운 언어일세. 나무가 예쁜 꽃을 피우려면 어찌해야 하는가?"

"거름을 알맞게 주고 물도 주어야 합니다."

"그렇군. 말의 꽃이 시라면 말의 열매는 그 안에 담긴 내용인 셈이지. 꽃이 곱게 피려면 무엇보다 뿌리의 영양이 좋아야겠지. 뿌리가 약하면 고운 꽃을 피울 수가 없어. 뿌리의 힘을 북돋우려면 거름도 필요하고 제때 물도 주어야

겠지. 자네가 꽃을 피우려 하는데, 꽃은 피워 뭣 하려는가? 고운 꽃도 열흘이면 시들고 마니, 고작 열흘의 고움을 탐해 인생을 걸 셈인가? 꽃은 결과일 뿐일세. 한번 생각해보게나. 나무 심는 사람은 거름으로 뿌리를 북돋우고, 줄기와 가지가 제멋대로 뻗어나갈 수 있도록 곁가지를 정리해주지. 그러면 나무는 순환이 순조로워 진액이 고루 퍼지게 된다네. 새 가지가 생기고 그 위에 잎이 돋으면, 그다음에 몽우리가 부풀어 꽃이 달리게 되지. 다른 일은 내팽개치고 꽃만 피우려 들면 꽃도 못 보고, 나무도 죽고 말지. 공부도 한가지일세. 다른 것은 말고 멋진 시만 잘 쓰는 시인이 되는 이치는 없다네. 성실한 뜻과 바른 마음가짐은 뿌리에 주는 거름 같은 것이네. 여기에 도타운 행실과 수신修身을 통해 가지가 순조롭게 뻗어가게 해야 하지. 그것만으로는 안 되네. 경전을 공부하고 예학을 익혀야 비로소 진액이 돌아 나무에 생기가 넘치게 되지. 다시 공부를 더하고 삶의 운치를 깃들여야 마침내 새 움이 트고 꽃망울이 부프게 되는 것일세. 그래서 마침내 좋은 시절을 만나 가슴에 쌓인 것을 펼쳐 글로 써내면 사람들이 두 눈이 휘둥그레져서 '문장이로다!' 하고 감탄하게 되는 것일세. 자네! 꽃을 피우고 싶다 했는가? 거름부터 주게. 곁가지를 쳐주어야 하네. 시는 결과일 뿐이네. 과정이 없이는 어림도 없지. 이걸 내게 배우겠는가? 당장 고향으로 돌아가 공부부터 하게. 주변에 온통 배울 것투성이일 걸세."

그는 한마디도 더 떼지 못한 채 고개를 푹 숙였다. 고운 꽃을 피우려면 뿌리가 튼실하고 가지가 편안해야 한다는 말이 자꾸 귀를 맴돌았다.

불우해도 아무 후회가 없습니다

「이인영에게 주는 말爲李仁榮贈言」의 내용도 위의 글과 비슷하다. 하지만 이 글의 논지가 훨씬 명백하다. 길지만 다 읽겠다.

내가 열수洌水 가에 있을 때 일이다. 하루는 젊은이가 찾아왔다. 등에 진 것이 있기에 살펴보니 책 상자였다. "누구인고?" "저는 이인영이라고 합니다." "나

이는?" "열아홉입니다." "어째 왔는가?" "문장에 뜻을
두었습니다. 공명功名에 보탬이 안 되고 죽을 때까지
불우하다 해도 아무 후회가 없습니다." 책 상자에 든
것을 꺼내게 하니 모두 시인재자詩人才子의 기이하고
날카로우며 맑고 새로운 작품이었다. 가늘게 쓴 글은
파리 대가리만 하고, 작은 말은 모기 눈썹 같았다. 그
뱃속에 든 것을 기울여 내게 하자 마치 호로병이 물을
토해내듯 졸졸 흘러나왔다. 대개 책 상자보다 풍부하
기가 수십 배나 더 되었다. 그의 눈을 보니 형형해서
빛이 흘렀다. 이마는 툭 불거져 나온 것이 물소 뿔이
빛을 밖으로 비추는 것 같았다.

　내가 말했다. "저런! 자네 좀 앉아보게. 내가 자네를
위해 말해주겠네. 대저 문장이란 어떤 물건인가? 학식
이 안으로 쌓여야 문장이 밖으로 드러나는 법이라네.
기름진 음식이 배에 그득해야 피부에 광택이 나는 것
과 같은 이치일세. 술이 배 속에 들어가서 얼굴에 불
콰한 기운이 도는 것과 마찬가지지. 어찌 갑작스레 이
를 취할 수 있겠는가? 중화中和의 덕으로 마음을 기르
고 효우孝友의 행실로 성품을 닦아, 공경스럽게 간직

하고 성실로 일관해서 이를 써서 변치 않고 노력하여 도를 따라야 하네. 사서四書로 내 몸에 간직하고, 육경六經으로 내 식견을 넓히며, 여러 역사서를 통해 고금의 변화에 통달하여, 예악형정禮樂刑政의 도구와 전장법도典章法度의 전고典故를 가슴속에 빼곡히 쌓아두어야 하지. 그리하여 사물과 서로 만나 시비가 맞부딪치고 이해가 갈리면, 내가 온축해둔 것으로 마음속에 답 쌓인 것이 큰 바다가 넘실대듯 출렁여서 한 차례 세상에다 내놓아 천하 만세의 볼거리로 삼고 싶은 생각이 들게 되지. 그 형세가 능히 억제할 수 없을 지경이 되면 내가 하는 수 없이 펼쳐 보고픈 바를 한바탕 토해 놓게 된다네. 이를 본 사람들이 서로 일러 문장이라고 하니, 이런 것을 일러 문장이라 하는 것일세. 어찌 풀을 뽑고 그 풍모를 우러러 서둘러 내달려서 이른바 문장이라는 것을 구해 붙잡거나 삼킬 수가 있겠는가?

세상에서 말하는 문장학이란 성인의 도리를 해치는 해충이니, 반드시 서로 용납할 수가 없다네. 하지만 더럽혀 낮추어서 설령 이를 하게 한다 해도 또한 그 가운데 문이 있고 길이 있으며, 기운이 있고 맥脈이 있

나는 나다

는 법일세. 또한 반드시 경전으로 바탕을 삼고, 여러 역사서와 제자백가로 양 날개를 삼아, 혼후하고 해맑은 기운을 쌓고 깊고도 아득한 운치를 길러야만 한다네. 위로는 임금을 위한 꾀를 아름답게 꾸밀 것을 생각하고, 아래로는 한 세상에서 이름을 드날릴 것을 생각해야겠지. 그래야만 바야흐로 녹록지 않다고 말할 수 있을 것이네.

지금은 그렇지가 않더군. 나관중羅貫中을 시조로 삼고 시내암施耐菴과 김성탄金聖歎을 중시조中始祖로 삼아, 재잘대는 붉은 앵무새의 혀가 좌우로 나불대듯 스스로 음탕하고 험벽한 표현을 꾸미면서 가만히 스스로 즐거워하는 것이 어찌 문장이라 할 수 있겠는가? 처량하고 쓰라리며 귀신처럼 목메는 시구 따위는 온유돈후한 가르침과는 거리가 아주 멀다네. 음탕한 소굴에 마음을 깃들이고, 비분悲憤한 곳에다 눈길을 주며, 애끊고 혼을 녹이는 말을 누에실처럼 늘어놓고, 뼈에 새기고 골수에 에이는 말을 벌레 울음소리처럼 내서, 읽고 나면 푸른 달빛이 서까래 사이로 엿보고, 산 귀신이 휘파람을 부는 듯, 음산한 바람에 촛불이

꺼지고, 원망을 품은 여인이 소리 내어 우는 것만 같다네. 이 같은 것은 문장가에게 바른 길을 해치는 것이 될 뿐 아니라 기상이 처참해지고 마음자리가 각박해져서 위로는 하늘의 큰 복을 받을 수가 없고 아래로는 세상의 형벌을 면할 수가 없게 되지. 천명을 아는 사람은 마땅히 크게 놀라서 서둘러 피할 겨를도 없거늘, 하물며 몸소 수레를 타고서 이를 따르는 것이야 말해 무엇하겠는가?

우리나라 과거 시험의 방법은 쌍기雙冀에게서 비롯되어 춘정春亭 변계량卞季良에게서 갖추어졌다네. 무릇 이 기예를 익히는 자는 정신을 갈아 없애고, 세월을 내던지면서 사람으로 하여금 어리석게도 자신을 망치면서 나이조차 잊게 만드니, 참으로 이단의 으뜸이요, 세도世道의 크나큰 근심거리일세. 하지만 국법이 변치 않은지라 이를 따를 뿐이니, 이 길이 아니고는 임금과 신하의 의리를 물을 곳이 없게 되기 때문일세. 그런 까닭에 정암靜菴 조광조趙光祖나 퇴계退溪 이황李滉 같은 여러 선생께서도 모두 이 기예를 닦아서 그 몸을 폈던 것일세. 이제 그대는 어떤 사람이기에

신발을 벗고 돌아보지도 않으려 든다는 말인가? 성명
性命을 위하는 학문이 오히려 끊어지지 않았거늘 하물
며 이같이 음란하고 교묘한 소설 나부랭이나 시고 찬
시구의 끄트머리나 위하면서 경솔하게 이 몸뚱이를
내던진다는 말인가? 우러러 부모를 섬기지 않고, 굽어
처자를 기르지도 않으며, 가까이로는 능히 문호門戶를
드러내어 집안을 감싸지도 못하고, 멀리로는 조정을
드높이고 백성에게 혜택을 미치지도 못하면서, 나관
중, 시내암의 사당에 추가로 배향되기를 생각하니 또
한 미치고 어리석은 것이 아니겠는가?

원하노니, 그대는 이제부터 문장학에 뜻을 싹 끊고
속히 돌아가 늙으신 어머니를 봉양하고, 안으로 효우
의 행실을 도타이 하고, 밖으로는 경전 공부를 부지런
히 하도록 하게나. 성현의 바른 말씀을 언제나 무젖어
들게 하여 어긋나지 않도록 해야 할 걸세. 곁으로 공
령功令의 공부를 닦아 몸을 펴기를 도모하고 임금을
섬기기를 바라, 태평한 시대의 상서로운 인물이 되고,
후세의 위인이 되도록 하게나. 알량한 기호를 가지고
경솔하게 이 천금 같은 몸뚱이를 포기하지 말게. 진실

로 그대가 고치지 않는다면 마조馬吊와 강패江牌, 협사
狹斜 같은 노름도 이보다 더 나쁘지 않을 걸세. 1820년
5월 1일.

余在洌上, 一日有妙少年至. 背有荷, 視之書笈也. 問之,
曰: "我李仁榮也." 問其年, 十有九.問其志, 志在文章,
雖不利於功名, 終身落拓, 無悔也. 瀉其笈, 皆詩人才子
奇峭淸新之作. 或細文如蠅頭, 或小言如蚊睫. 傾其腹,
泌泌如葫蘆之吐水. 蓋富於笈數十倍也. 視其目, 炯炯有
流光, 視其額, 隆隆若犀通之外映也.
余曰: "噫嘻子坐. 吾語子. 夫文章何物, 學識之積於中,
而文章之發於外也. 猶膏粱之飽於腸, 而光澤發於膚革也.
猶酒醪之灌於肚, 而紅潮發於顏面也. 惡可以襲而取之
乎? 養心以和中之德, 繕性以孝友之行, 敬以持之, 誠以
貫之, 庸而不變, 勉勉望道. 以四書居吾之身, 以六經廣
吾之識. 以諸史達古今之變, 禮樂刑政之具, 典章法度之
故, 森羅胸次之中, 而與物相遇, 與事相値, 與是非相觸,
與利害相形. 卽吾之所蓄積壹鬱於中者, 洋溢動盪, 思欲
一出於世, 爲天下萬世之觀, 而其勢有弗能以遏之, 則我

不得不一吐其所欲出. 而人之見之者相謂曰文章, 斯之謂
文章. 安有撥草瞻風, 疾奔急走, 求所謂文章者, 而捉之
吞之乎?

世所謂文章之學, 乃聖道之蟊蟘, 必不可相容. 然汚而下
之, 藉使爲之, 亦其中有門有路, 有氣有脈. 亦必本之以
經傳, 翼之以諸史諸子, 積渾厚沖融之氣, 養淵永敦遠之
趣, 上之思所以黼黻王猷, 下之思所以旗鼓一世, 然後方
得云不錄錄.

今也不然, 以羅貫中爲祧, 以施耐菴金聖歎爲昭穆, 喋喋
猩鸚之舌, 左翻右弄, 以自文其淫媟機險之辭, 而竊竊然
自娛自樂者, 惡足以爲文章. 若夫凄酸幽咽之詩句, 非溫
柔敦厚之遺敎. 栖心於淫蕩之巢, 游目於悲憤之場, 銷魂
斷腸之語, 引之如蠶絲, 刻骨鐫髓之詞, 出之如蠱唫. 讀
之如靑月窺椽, 而山鬼吹歡, 陰飆滅燭, 而怨女啾泣. 若
是者不唯於文章家爲蟊鄭. 抑其氣象慘悽, 心地刻薄. 上
之不可以受天之胡福, 下之不可以免世之機辟, 知命者當
大驚, 疾避之弗暇, 矧躬駕以隨之哉.

吾東科擧之法, 始於雙冀, 備於春亭. 凡習此藝者, 銷磨
精神, 抛擲光陰, 使人鹵莽蔑裂, 以沒其齒, 誠異端之最,

而世道之鉅憂也. 然國法未變, 有順而已. 非此路則君臣
之義無所問焉. 故靜菴退溪諸先生, 咸治此藝, 以發其身.
今子何人, 乃欲屣脫而弗顧耶. 爲性命之學, 猶且不絕,
矧爲此淫巧小說之支流, 酸寒短句之餘裔, 以輕拋此身世
乎? 仰不事父母, 俯不育妻子, 近之不能顯門戶以庇宗族,
遠之不能尊朝廷而澤黎庶, 思以追配於羅施之廡, 不亦狂
且愚哉.

願子自茲以往, 絕意文章之學, 亟歸養老母, 內篤孝友之
行, 外勤經傳之工. 使聖賢格言, 常常浸灌, 俾之不畔.
旁治功令之業, 以圖發身, 以冀事君, 以備昭代之瑞物,
以作後世之偉人. 勿以沾沾之嗜, 而輕棄此千金之軀也.
苟子之不改, 卽馬弔江牌狹斜之游, 亦無以加於是也." 嘉
慶庚辰五月一日.

열아홉 살 난 청년 이인영은 기개가 당찼다.

"선생님! 저는 문장으로 이름을 이루고 싶습니다. 설
사 이 길에서 굶어 죽는 한이 있어도 결코 후회하지 않겠
습니다. 훌륭한 시인, 멋진 문장가가 되려면 어찌해야 합
니까? 길을 일러주십시오."

나는 나다

"그 상자 안에 든 것이 무엇인가?"

"제가 그간 익혀온 명청 문인들의 시문집입니다."

책을 꺼내 보이는 이인영의 손끝에서 뿌듯함과 자랑스러움이 묻어났다. 기초청신奇峭淸新! 기괴하고 날카롭고 해맑고 새로운 분위기의 최신 문제작들이 쏟아져 나왔다. 파리 대가리만 한 글과 모기 눈썹 같은 글들. 한때의 기림을 받아 문단의 총아로 자리매김된 작가들의 시집과 문집들이었다.

다산이 묻는다.

"그 책들의 어디가 그리 좋던가?"

"고리타분한 글을 쓰느니 붓을 꺾으렵니다. 남을 놀라게 할 수 없다면 입을 다물어야겠지요. 정신이 번쩍 들게 하는 글, 남들이 도저히 미치지 못할 생각을 담아 제 글을 읽는 사람을 절망시키고 싶습니다. 여기 이 글을 지은 이들처럼 말입니다."

물 만난 고기처럼 대답이 거침없다.

"영특한 젊은이로군. 의욕도 대단하이. 하지만 잘못 짚었네."

젊은이는 뜨악한 표정으로 다산을 바라본다.

"무슨 말씀이신지요?"

"안에 공부의 온축 없이 밖으로 드러나는 문장은 없는 법일세. 좋은 음식을 먹으면 피부에 윤기가 돌고, 술을 거나하게 마시면 얼굴에 불콰한 기운이 올라오지. 그저 쥐어짜 남을 놀라게 하려고만 들면 거름도 안 주고 꽃피우려는 것과 다를 게 없네. 덕을 기르고 성품을 닦아 실천에 옮겨야 하지. 사서육경을 익히고 역사를 배우고 제도를 익히는 것이 먼저일세. 그 바탕 위에서 현실과 만나도록 하게. 시비와 이해가 엇갈려 말로 하지 않고는 견딜 수 없는 일을 만나, 더 이상 참을 수 없는 그 마음을 쏟아부어 글로 지어보게. 사람들이 보고 모두 놀라 한입으로 '문장일세!'라고 말할 것일세. 이걸 어거지로 하려 들면 사람만 우습게 되지."

청년의 입가가 조금 일그러졌다. 칭찬을 기대했던 눈치다.

"하지만……"

"내 말 더 듣게. 방금 내게 문장학을 하고 싶다고 했나? 어떤 시련과 역경도 견디겠다고 했지? 과거도 포기하겠다고? 이 사람아, 그런 말 말게. 지금의 문장학은 사람 망치는 지름길일 뿐일세. 어디서 듣도 보도 못한 괴상한 소리나 지껄이고, 귀신 씨나락 까먹는 소리나 떠들어대면서 내 시가 어떠냐, 내 소설이 어떠냐 하고 으스대니 하는 말일세. 입만 열면 끙끙 신음 소리나 내고, 음탕한 말장난을 쏟곤 하지. 애간장을 녹이는 말로 독자의 마음을 어지럽히며, 덮어놓고 비분강개해서 세상을 욕하곤 하지. 삐뚤어진 마음, 각박한 생각은 비판과 비난을 구분하지 못하고, 의문과 의심을 혼동한다네. 저만 잘났고 남은 다 틀렸다는 오만, 제까짓 게 하는 독선으로 똘똘 뭉쳐, 날마다 징징대고 달마다 투덜대는 것을 문학의 본분으로 착각하지. 여기에 무슨 복이 있겠나? 여기에 어떤 보람이 있겠나? 당장 걷어치우고 떠나가도 시원찮은 마당에, 뭐 여기에다 목숨을 걸겠다고? 그게 대체 무슨 말인가?"

듣는 청년의 표정이 한층 어두워졌다. 다산은 쉴 틈을 주지 않고 다그친다.

"그리고 말 나온 김에 얘기하네. 자네, 과거 시험을 우습게 생각 말게. 알맹이야 우습지만, 제도가 있고 보면 어쩔 수가 없는 법. 정암이나 퇴계 선생도 과거 시험이 마땅치 않은 줄 알면서도 이를 버리지 않았던 것은 그 외에는 사람이 세상에 태어난 보람을 성취해볼 길이 없었기 때문일세. 과거를 내팽개치고 문단의 맹주가 되겠다니, 환한 큰 길을 버려두고 캄캄한 벼랑길로 가겠다는 격이로군. 그렇게 해서 고작 쓰겠다는 글이 음란한 소설이요, 끙끙대고 투덜거리는 시란 말인가? 세상에 쓸모 있는 인재가 되기를 거부하고, 고작 『삼국지三國志』를 지은 나관중이나 『수호전水滸傳』을 쓴 시내암 같은 인물이 되기만 꿈꾼단 말이지?"

"그런 것이 아니옵고…… 저는 다만 나라를 빛낼 문장이고 싶습니다."

저도 몰래 볼멘소리가 나왔다.

"나라를 빛낼 문장이라, 거 참 좋은 말일세. 내가 이제부터 그 방법을 가르쳐주지. 멋진 글을 쓰겠다는 생각부터 죽이게. 문장이 되겠다는 속심을 포기하게. 지금 당장 짐을 싸서 집으로 돌아가 노모 봉양부터 정성으로 하게나. 어버이께 효도하고 형제간에 우애하는 것이 먼저일세. 경전 공부를 게을리하면 안 되지. 과거 시험 준비도 부지런히 해야 하네. 태평성대의 상서로운 인물이 되고, 후대가 우러르는 위인이 되어야 하네. 한때의 이름에 마음이 팔려 귀한 몸뚱이를 천하게 굴리면 못쓰네. 아직도 문장가가 되고 싶은가? 이래도 문장가가 되려 하는가? 그렇다면 차라

리 그 시간에 노름을 하게. 친구들과 술 마시며 노닥거리
도록 하게. 자네가 되려는 문장가나 시인보다는 노름꾼에
술꾼이 훨씬 나아 보이는군. 노름꾼과 술꾼은 제 한 몸 망
치거나, 고작해야 제 집안을 말아먹는 데 그치지만, 얼치
기 문장가는 세상을 현혹해서 못된 길로 끌고 가 함께 망
하려 드니 도적도 이런 큰 도적이 어디 있겠는가?"

시를 배우고 싶은가? 문학을 하고 싶은가? 먼저 인간
부터 되어야 하네. 인간의 길을 버리고 할 수 있는 문학은
없는 법. 그런 공부는 공부가 아닐세. 다산의 할喝과 봉棒
을 한꺼번에 맞고 사색이 다 된 이인영은 도망치듯 여유당
을 빠져나갔다.

뜻이 서야 시가 산다

이 밖에 다른 글에서 시에 대해 언급한 다산의 말 두
도막을 잇대어 읽어본다. 다음은 「초의승 의순에게 주는
말爲草衣僧意洵贈言」이라는 글의 한 단락이다. 다산은 제자

들에게 이렇듯 증언贈言의 형식으로 훈계를 주는 일이 많았다. 대면 강학, 맞춤형 교육의 일환이다.

시란 뜻을 말하는 것이다. 뜻이 본시 낮고 더러우면, 비록 억지로 맑고 고상한 말을 해도 이치를 이루지 못한다. 뜻이 본래 보잘것없고 비루하면 굳이 툭 터져 깨달은 말을 해도 일의 정리情理에 맞지 않게 된다. 시를 배운다면서 그 뜻을 쌓지 않는 것은 거름흙에서 맑은 샘물을 걸러내거나, 냄새나는 가죽 나무에서 기이한 향기를 구하는 것과 다를 게 없어, 죽을 때까지 해도 얻을 수가 없다. 그렇다면 어찌해야 할까? 하늘과 사람, 성명性命의 이치를 알고, 인심人心과 도심道心의 나뉨을 살펴, 찌꺼기를 깨끗하게 하고, 맑고 참된 것을 펴면 될 것이다.

詩者言志也. 志本卑汚, 雖强作淸高之言, 不成理致. 志本寡陋, 雖强作曠達之言, 不切事情. 學詩而不稽其志, 猶瀝淸泉於糞壤, 求奇芬於臭樗, 畢世而不可得也. 然則奈何? 識天人性命之理, 察人心道心之分, 淨其塵滓, 發其淸眞, 斯可矣.

승려 제자인 초의草衣 의순意洵에게 준 글이다. 시언지
詩言志는 동양 전통 시학의 근본 강령이다. 시는 시인이 품
은 뜻을 말로 표현한 것이다. 시가 좋으려면 뜻이 좋아야
한다. 뜻이 낮고 비루하면 언어에 그대로 속내가 드러난
다. 한껏 고상한 체하고 깨달은 척해도 감출 수가 없다. 따
라서 시를 배우는 과정은 뜻을 갈고 다듬는 과정이다. 똥
물에서 맑은 물을 걸러낼 수 있는가? 고약한 냄새가 나는
나무로 기이한 향을 만들 수 있는가? 마음의 더러운 찌꺼
기를 가라앉혀야 맑고 참된 기운이 퍼져 나간다. 시 공부
는 뜻 공부가 먼저다. 표현의 기교는 가장 말단의 일이다.
뜻이 갖춰지면 저절로 따라올 기교에 목숨 거는 것을 시
공부라고 착각하지 마라.

다음은 「기연아寄淵兒」, 즉 아들 학연에게 보낸 편지의
한 대목이다.

후세의 시율은 마땅히 두보를 공자로 삼아야 한다.
대개 그의 시가 백가의 으뜸이 되는 까닭은 『시경』

300편의 남은 뜻을 얻었기 때문이다. 300편이란 모두 충신과 효자, 열부烈婦와 양우良友의 슬퍼하고 충성스럽고 두터움의 발로다. 임금을 사랑하고 나라를 근심하지 않으면 시가 아니다. 시절을 상심하고 세속을 괴로워함이 아니면 시가 아니다. 찬미하고 풍자하고 권면하고 징계함이 있지 않으면 시가 아니다. 그런 까닭에 뜻이 서 있지 않고 배움이 순수하지 않으면 큰 도리를 듣지 못한다. 임금을 이루고 백성에게 혜택을 베풀려는 마음이 능히 있지 않고는 시를 지어서는 안 된다. 너는 힘쓰도록 해라.

後世詩律, 當以杜工部爲孔子. 蓋其詩之所以冠冕百家者, 以得三百篇遺意也. 三百篇者, 皆忠臣孝子烈婦良友惻怛忠厚之發. 不愛君憂國非詩也, 不傷時憤俗非詩也, 非有美刺勸懲之義非詩也. 故志不立學不醇, 不聞大道. 不能有致君澤民之心者, 不能作詩. 汝其勉之.

두시의 위대함은 표현의 기교에 있지 않고, 그 안에 담긴 뜻에 있다. 안타까워하는 맘, 변치 않는 정신, 도타운

나는 나다

자세가 시 안에 담겨 있다. 위로는 임금을 사랑하고 나라를 근심하는 애군우국愛君憂國이요, 아래로는 시절을 상심하고 풍속을 안타까워하는 상시분속傷時憤俗이다. 그 내용은 찬미하고 풍자하며 권면하고 징계하는 미자권징美刺勸懲에 놓인다. 이렇게 될 수 있으려면 지립학순志立學醇이 전제다. 뜻이 확고히 서야 하고, 배움이 흐트러짐 없이 순정해야 한다. 정신이 건강하고 뜻이 바로 서야 시가 비로소 시가 된다.

다산의 말은 한결같다. 정리하면 이렇다. 전업 시인은 없다. 시를 써서 일가를 이룬다는 말이 언어 기교의 성취쪽에 중심을 두고 하는 말이라면 애초에 번지수가 틀렸다. 인간이 덜되고서 좋은 시인은 없다. 뜻이 천박한데도 좋은 시는 존재하지 않는다. 시 공부를 하려면 사람 공부가 먼저다. 사람이 되어야 시도 된다. 뜻이 서야 시가 산다. 뜻도 없이 지리멸렬하면서 표현의 기교만 다듬는 것은 똥물을 걸러 마실 물로 만들겠다는 수작과 같다. 시가 안 되거든 뜻을 반성하라. 좋은 시를 쓰고 싶으면 좋은 생각을 먼저 품어라. 인간의 길을 벗어난 시는 말장난에 그친다.